LA
GUERRIADE

DÉESSE DE LA GUERRE

POËME ÉPIQUE DE LA GUERRE ÉTRANGÈRE CIVILE, POLITIQUE ET MORALE

EN DOUZE CHANTS

AVEC DÉDICACE, PRÉFACE, PROLOGUE ET ÉPILOGUE

PAR M. GAGNE

AVOCAT-CITOYEN DU PEUPLE UNIVERSEL

Auteur du *Suicide*; de l'*Unitéïde*, poëme en 12 chants et 60 actes; du *Congrès sauveur*, poëme en 24 chants; du *Calvaire des rois*, régi-tragédie épique en 5 actes: de la *Monopanglotte-Oracle des langues*; du *Vélocitéïe*; des *Cris de l'âme de Napoléon III*, de la *Républiqueïde-Empire-Royauté*, et du *Quatuor-vir-Salval*; ex-rédacteur en chef de l'*Unité*, etc., etc.

PRIX : 1 FRANC

PARIS

CHEZ TOUS LES LIBRAIRES

ET CHEZ L'AUTEUR, RUE TARANNE, 6

1873

LA GUERRIADE

DÉESSE DE LA GUERRE

POËME ÉPIQUE DE LA GUERRE ÉTRANGÈRE CIVILE, POLITIQUE ET MORALE

EN DOUZE CHANTS

AVEC DÉDICACE, PRÉFACE, PROLOGUE ET ÉPILOGUE

PAR M. GAGNE

AVOCAT-CITOYEN DU PEUPLE UNIVERSEL

Auteur du *Suicide*; de l'*Unitéïde*, poëme en 12 chants et 60 actes;
du *Congrès sauveur*, poëme en 24 chants; du *Calvaire des rois*,
régi-tragédie épique en 5 actes: de la *Monopanglotte-Oracledes lo .-
gues*; du *Vélocitéte*; des *Cris de l'âme de Napoléon III*, de la *Républiqueïde-Empire-Royauté*, et du *Quatuor-vir-Salvat*; ex-rédacteur en chef de l'*Unité*, etc., etc.

———

PRIX : 1 FRANC

———

PARIS

CHEZ TOUS LES LIBRAIRES

ET CHEZ L'AUTEUR, RUE TARANNE, 6

1873

DÉDICACE A L'ARMÉE FRANÇAISE

A vous tous, martyrs-christs des défaites-victoires,
Dont les brillantes nuits éclipsent par leurs gloires
Les grands jours nuageux, pleins de mortels succès,
Que forgent, bien souvent, la honte et les forfaits ;
A vous tous, fiers héros, qui, vaincus par le nombre,
Avez été vainqueurs par la valeur sans ombre ;
A vous l'hommage saint d'un poëme de feu,
Inspiré par l'amour des hommes et de Dieu !

PRÉFACE NÉCESSAIRE

Quand les hommes lisent les fastes de l'histoire des peuples, à côté d'un petit nombre de faits glorieux pour l'humanité, ils découvrent, triste-ment, une immense quantité d'actes dégradants pour les individualités et pour les nations en-tières ; on peut dire cependant, en se voilant la face de honte, que jamais les lecteurs n'ont vu et ne verront, je l'espère, des faits plus néfastes que ceux qui désolent et déshonorent la France depuis, surtout, deux ans ! Non-seulement la guerre avec la Prusse nous a matériellement écrasés, mais encore la guerre civile, la guerre politique, la guerre morale des adultères, des duels et de tous les vices et les crimes réunis,

ont dévoré et devorent moralement la France !
Frappés d'une démence furieuse, au lieu de cher-
cher à ressusciter la patrie qui demande grâce à
ses enfants parricides, nous faisons tout ce qu'il
est possible pour précipiter la France dans l'abîme et la faire disparaître du monde ! Faut-il
perdre toute espérance, comme on la perd dans
l'enfer ? Non. Je ne lancerai pas le blasphème
du désespoir !... Je suis persuadé qu'il existe
encore des hommes et des femmes saintement
inspirés de l'amour du patriotisme, de la vertu
et de Dieu, qui sont prêts à tout sacrifier pour
le salut universel. J'espère plus que la résurrection
de la France, j'espère, j'attends avec foi son
ascension triomphante et son apothéose !

> Dieu, pour le grand salut de la France aux abois,
> Lui fait le plus saint don, Dieu lui donne la Croix,
> La Croix que Jésus-Christ porta sur le Calvaire,
> La Croix de l'unité qui sauvera la terre !

Afin d'apporter mon tribut au triomphe divin
de la France, je compose mon poëme historique
et moral *la Guerriade !* Dans cette œuvre épique,
je célèbre les batailles et l'héroïsme des soldats
français, je flétris la guerre civile politique et

morale, je chante toutes les vertus et toutes les idées de progrès, de conciliation et d'amnistie. J'ai cru devoir faire intervenir, chrétiennement, le surnaturel, le merveilleux, qui est l'âme du poëme épique.

> Chasser le Saint surnaturel,
> C'est chasser le Dieu de l'autel !

Je personnifie la Guerriade, dont je fais la déesse de la guerre ; j'appelle tous les génies, tels que la *Gunécratie*, l'Amnistie, le Pardon, la *Pantocratie*, etc., et l'âme de Napoléon III, mort pendant la composition de ce poëme. Je n'ai pas l'orgueilleuse prétention d'avoir fait un chef-d'œuvre ; j'ose dire, cependant, que si mon poëme *la Guerriade* était signé des noms de Lamartine, Dumas, Victor Hugo, Théophile Gautier et autres poëtes justement célèbres, les lecteurs et les journalistes diraient que la *Guerriade* est poëme épique de génie, non pas précisément à cause de la splendeur poétique des vers, mais à cause de l'esprit de réconciliation, de charité, d'amour divin, qui seul peut nous sauver en réunissant tous les partis, les prétendants, les esprits, les cœurs, les âmes de tous les êtres

humains des peuples que je veux réunir en un
seul grand peuple universel de *frères amis,* par
l'excès du pardon rédempteur qui doit sortir de
notre dernier soupir pour le rachat de l'humanité ! !

> Faites, faites, grand Dieu, que mon dernier soupir
> Soit le cri de pardon qu'en mourant, pour bénir,
> Jésus-Christ fit tonner sur la Croix rédemptrice,
> Qui porte dans les Cieux les âmes de justice!...

GAGNE, *avocat.*

PROLOGUE A RÉVEILS

OU

RÉPÉTITION DE VERS DE PORTÉE

———

L'APPEL AUX PEUPLES

POUR LA SUPPRESSION DE LA GUERRE ET LE DÉSARMEMENT

PREMIER RÉVEIL.

O peuples, pour monter aux plus hauts Capitoles,
Couronnez l'Unité de saintes auréoles,
Supprimez sans retard la guerre et ses forfaits.
O peuples, criez tous : *Le monde, c'est la paix!*

O délire mortel des hommes sans refuges
Que ballottent les flots des plus sanglants déluges,
En tout temps, en tout lieu, sur le globe agité,
Les voix de la raison et de l'humanité
Ont constamment crié que la guerre fatale
Est la fille sans cœur de la rage infernale;
Tout le monde a frappé de malédictions
La guerre, toujours prête aux dévastations,
Qui boit le sang des fils et les larmes des mères,
Et lance avec la mort la poudre des tonnerres!

Oui, tout flétrit, maudit comme un monstre sans lois.
La guerre, qui pétrit les peuples et les rois ;
Oui, tout chante et bénit la paix, fille divine,
Que créa dans les cieux l'amour qui la domine,
Et qui, seule, arborant l'*oriflamme arc-en-ciel*,
Fera des peuples fiers un peuple universel.
Cependant, rendu fou par son feu qui dévore,
Le monde, qui maudit la guerre, en fait, l'adore !
Le monde adore à mort la guerre, tout en feu,
Qui brise sa raison et lui ravit son Dieu !

DEUXIÈME RÉVEIL.

O peuples, pour monter aux plus hauts Capitoles,
Couronnez l'Unité de saintes auréoles,
Supprimez sans retard la guerre et ses forfaits.
Criez, en désarmant : *Le monde, c'est la paix !*

Les peuples et les rois, écrasés par sa foudre,
Brûlent tous à la guerre un encens plein de poudre,
Lui font pour encensoir de fulgurants canons
Que tirent les héros pleins d'adorations.
Voilà l'état fatal de la nature humaine,
Qui chante l'amour saint et protége la haine,
Qui célèbre la paix avec tous ses bienfaits,
Et couronne la guerre et ses sanglants méfaits !
Ah ! juste Ciel ! assez, allant de chute en chute,
Les hommes se sont mis au-dessous de la brute.
Sortons, sortons, enfin, des charniers de la mort,
Où nous nous dévorons en tigres, sans remord !
Cessons de prononcer l'affreuse déchéance
De l'humanité sainte et du Dieu qu'elle encense ;
Faisons, en célébrant la paix des nations,

Les résurrections et les ascensions
De ce monde aveuglé qui râle dans l'orgie;
Lançons le *fiat lux* de lumière et de vie;
Français, faisons vibrer le grand orgue des cœurs;
Du peuple universel soyons les précurseurs.
Pour voler de l'enfer aux cieux, la noble France,
Qui de soldat de Dieu veut garder la puissance,
Doit toujours se montrer avec divinité
La sainte prétendante à la fraternité!
Les peuples et les rois, fatigués des batailles,
Qui font du monde entier un champ de funérailles,
Formant, sous l'œil de Dieu, le fraternel hymen,
Ouvriront pour toujours les portes de l'Éden.

TROISIÈME RÉVEIL.

O peuples, pour sortir des plus profonds abîmes,
Et gravir de l'amour les plus célestes cimes,
Supprimez sans retard la guerre et ses forfaits.
Criez, en désarmant : *Le monde, c'est la paix!*

FIN DU PROLOGUE.

LA GUERRIADE

POËME HISTORIQUE EN DOUZE CHANTS

CHANT PREMIER

ou

Le Chant du Prélude, de l'Invocation, du Discours de la Guerriade
aux démons, de la Déclaration de guerre, etc.

Je chante, avec terreur, l'ardente Guerriade,
Déesse de la guerre en sanglante parade,
Qui, faisant éclater tous les maux à la fois,
Crucifia la France à la plus rouge croix,
Mais qui, loin de tuer pour toujours la patrie
A qui ses dignes fils ont immolé leur vie,
Permet qu'en échappant à la croix du malheur,
La France ressuscite ainsi qu'un Christ sauveur!
Ames des grands héros du gigantesque empire :
Napoléon premier, que l'univers admire,
Davout, prince d'Eckmühl, toujours victorieux,
Faites vibrer mon luth en accords glorieux!
Ames des grands martyrs et des Christs de la France,
De qui vous illustrez l'éclat et l'espérance,

De pleurs, d'amour, de gloire, enflammez tous mes chants
Pour qu'ils fassent briller les faits les plus touchants!
Venez tous m'inspirer, ô célestes génies,
Des vertus que le crime entraîne aux gémonies;
Instruisez par mes chants les peuples et les rois
De leurs devoirs sacrés, de leurs glorieux droits
Que proclament les *grands progrès indispensables*
Que l'Éternel grava jadis aux douze tables,
Et que je grave ici sur les canons en feu
De la guerre, que doit chasser la paix de Dieu!
Apprenez aux Français, pleins d'effrayants désastres,
Qu'afin de devenir les plus radieux astres,
Sur la France et le monde, en éclatants réveils,
Ils doivent de l'amour lancer tous les soleils!
Apprenez, apprenez aux peuples de la terre
Qui font de la discorde éclater le tonnerre,
Qu'ils doivent couronner d'un céleste tribut
L'Unité, sans laquelle il n'est point de salut!
Malgré les noirs complots de la guerre assassine,
Depuis longtemps déjà régnait la paix divine,
Qui, pour faire éclater les plus puissants progrès,
Par Napoléon trois proposa son Congrès,
Et qui fit resplendir sa puissance immortelle
A l'exposition la plus universelle.
Furieuse de voir la paix avec l'amour
Eclairer, réunir les peuples au grand jour,
La sombre Guerriade assembla tous les diables
Dans un club où bouillaient les haines implacables,
Et leur fit ce discours laconique et tonnant,
Qui remplit les démons d'un courroux fulminant :

DISCOURS DE LA GUERRIADE.

Ministres infernaux de l'infernale guerre
Qu'adorent les guerriers qu'elle traîne au calvaire,
Les Français, qui toujours sont les plus grands héros
De la guerre, qui fit resplendir leurs drapeaux,
Deviendront les héros de la paix éclatante
Qu'aime Dieu, dont l'amour me remplit d'épouvante,
Si nous n'excitons pas, avec fureur, partout,
Les Français à la soif de la guerre qui bout;
Si nous ne chargeons pas tous les esprits de poudre,
De balles, de boulets bourrés à coups de foudre.
Si la paix au Français fait bénir sês amours,
Le règne de la guerre est fini pour toujours!
Afin de prévenir ma triste déchéance,
Qui vous priverait tous d'emplois et de puissance,
Allez donc inspirer d'héroïsmes guerriers
Ministres, députés et sénateurs altiers.
Bellonide, va, cours lancer l'Impératrice,
Que toujours la vaillance a fait paraître en lice,
Afin que son amour subjugue l'Empereur,
Qui, dit-on, ne veut pas épouser ma fureur.
Le moment est venu. La Prusse, que je gagne,
Veut mettre Hohenzollern sur le trône d'Espagne;
Faites croire aux Français que si, dans un fier vol,
Hohenzollern montait sur le trône espagnol,
La France, au même instant, verrait dans le désastre
Le soleil de la Prusse éclipser son grand astre,
Quand, pour tout dominer sur le trône et l'autel,
La France doit avoir le sceptre universel!
Profitons des moments des sinistres délires

Qu'offrent les royautés, républiques, empires,
Qui pour la guerre à mort font plus qu'en aucun temps
Déborder tous les flots des crimes révoltants
Dont frémit Satan même et dont l'affreux déluge
Emporte terre et cieux dans l'enfer, sans refuge!
Profitons des moments où de boulets mortels
Je bourre les esprits des humains pleins de fiels,
Et que les noirs fléaux, les rouges athéismes
Civils, religieux, poussent aux fanatismes,
Prêts à tout replonger dans l'immense chaos
Où l'arche de la foi sombre au milieu des flots!
Profitons du moment où, seul maître du monde,
Qui n'a plus pour encens qu'un détritus immonde,
Satan, tout triomphant, lève sa tête aux cieux,
Et fait presque trembler le Dieu victorieux
Qui ne tremble jamais et qui, dans sa colère,
Jetterait à Satan la criminelle terre,
Si la Vierge d'amour n'arrêtait pas le bras
Du grand Dieu qui n'a plus que de traîtres Judas!
Ainsi parla sans peur la Guerriade ardente,
Qui lançait des boulets de sa bouche écumante.
A sa tonnante voix, ses valets belliqueux
Coururent exciter les Français valeureux.
Bientôt, tout transportés des héroïques flammes
Dont les démons guerriers incendiaient les âmes,
Ministres, députés, sénateurs, généraux,
Demandèrent la guerre en accents triomphaux.
Le célèbre Ollivier, le chef du ministère,
Qui ne fait rien d'un cœur léger, à la légère,
Lançant un oui poudreux après avoir dit non,
Aux tribunes en feu fit tonner le canon!
Alors, ne pouvant plus sans péril fuir les trombes
De l'héroïsme qui lançait toutes ses bombes

Et trouvait de l'écho même chez les poltrons,
Devenus tout à coup des héros fanfarons,
L'empereur fit venir Lebœuf, chef de l'armée,
Qui d'amour et de gloire est toujours affamée;
Il demande soudain à ce fier maréchal
Si tout était bien prêt pour le combat fatal.
  « *Sire, il ne manque pas un seul bouton de guêtre,*
Lui répondit Lebœuf sur un ton de grand maître.
Tout est prêt; je promets que le succès luira,
Comme l'ordre promis par vous dominera! »
Le fier Lebœuf disait une vérité vraie
En avançant deux faits aussi faux que l'ivraie,
Car les soldats n'avaient plus de guêtres aux pieds,
Et l'ordre ne régnait plus dans les cœurs souillés!
  « Eh bien, puisque tout veut la guerre gigantesque,
Dit l'empereur du ton le plus chevaleresque,
Je déclare la guerre à mon frère le roi
De la Prusse, qui veut nous imposer la loi.
Allez, vaillants héros que la terre contemple,
Allez renouveler, par des faits sans exemple,
Les soleils d'Austerlitz, de Wagram, d'Iéna,
Que l'empereur mon oncle à son char enchaîna!
Allez renouveler les grandes épopées
Qu'ont écrites naguère avec des coups d'épées
Les fils que la victoire abrita sous son vol
A Magenta, Solférino, Sébastopol!
Allez! moi, je me mets en tête de l'armée
Avec mon fils, chez qui la gloire est enflammée,
Et qui veut recevoir le baptême du sang,
Pour que son trône, un jour, soit plus resplendissant.
Nous marchons, suivez-nous aux plus hautes conquêtes
Qui de palmes, sans fin, couronneront nos têtes!
Si nous tombons sous Dieu, qui toujours nous flatta,

Tombons comme des Christs sur le saint Golgotha ! »
Un bravo retentit comme un coup de tonnerre
Pour bénir l'empereur, qui déclare la guerre
Et qui fait éclater les plus mâles accents
Qui rendent des héros les élans tout-puissants !
L'impératrice, qui de tout péril se joue,
Embrassa l'empereur sur l'une et l'autre joue,
Et lui dit ces seuls mots d'héroïsme féconds :
« Sire, de tout éclat vous couronnez nos fronts,
Et quel que soit le coup du destin infaillible,
Vous donnez à la France un élan invincible ;
Au prince impérial, que l'honneur fait grandir,
Vous donnez le levier, sceptre de l'avenir ! »
En entendant ces mots, dans l'orgueil qui débonde,
La Guerriade dit : « Je suis reine du monde !
Des courses de la mort j'ai gagné le grand prix !
La Guerriade va dominer à Paris ! »
La Paix voila sa face et répandit des larmes
En voyant déborder tous les torrents d'alarmes
Qui forment le déluge et de sang et de feu
Qu'en vain veut arrêter la clémence de Dieu !...
Partout se font, soudain, sans peur des funérailles,
Les longs préparatifs des sanglantes batailles ;
Ainsi que les épis dressés dans les sillons,
Partout on voit surgir des nombreux bataillons
Qui font tonner en chœur de leurs bouches de braise
Les fiers *Chants du départ* et de la *Marseillaise !*
Partout les sourds pavés entendent ce refrain :
A Berlin ! à Berlin !! à Bérlin !!! à Berlin !!!! —
Partout, pour les combats qui vont faire des proies,
Tous les Français en feu poussent des cris de joies ! —
Je me trompe !... je sens, j'éprouve les douleurs
Des épouses en deuil et des mères en pleurs

Qui ne reverront plus dans leurs demeures sombres
Des époux et des fils que la mort couvre d'ombres,
Sans même leur laisser les consolations
De bénir leurs tombeaux remplis d'afflictions;
Car plusieurs des héros ont eu pour toute tombe
Quelqu'introuvable trou sur qui le boulet tombe;
Heureuse si, parfois, pour adoucir ses maux
La mère de son fils trouve quelques lambeaux!

FIN DU PREMIER CHANT.

CHANT DEUXIÈME

ou

Le Chant du Combat de Sarrebrück, du Courage du Prince Impérial,
de la Victoire, etc.

Après avoir nommé régente de l'empire
L'impératrice, en qui la victoire respire,
L'empereur et son fils le prince impérial
Partirent pour la guerre en accord triomphal!
« Louis, fais ton devoir avec la sainte audace, »
Dit l'héroïque mère à son fils qu'elle embrasse!
Le prince impérial répondit d'un saint feu :
« Je ferai constamment le devoir que veut Dieu!
Je veux par les hauts faits les plus beaux, les plus vastes,
Couronner des Césars les héroïques fastes.
On saura quelque jour que, plein d'un pur rayon,
Je suis digne neveu du grand Napoléon!!! »

Après quelques jours pleins d'une fatigue active,
L'armée à Sarrebrück en fort bon ordre arrive.
Les Prussiens, très-nombreux et cachés dans les bois,
Sur les Français, soudain, tirent tous à la fois :
Les Français, transportés d'un pur patriotisme,
Répondent par le feu du plus haut héroïsme !
Le prince impérial, que nul péril n'émeut,
Regarde froidement la mitraille qui pleut !
A ses pieds vient tomber une balle assoupie.
Le prince la ramasse ainsi qu'une toupie,
Et la montre gaiement aux valeureux soldats,
Qui soudain font tonner les plus justes vivats
Pour le jeune Bayard qui reçoit en couronne
Le baptême de feu que la gloire environne !
Plusieurs feux sont déjà tirés des deux côtés
Par les fiers ennemis à la lutte excités ;
Les Prussiens sont forcés, malgré tout leur courage,
A reculer devant le foudroyant orage
Des Français triomphants dont les élans profonds
Contraignent la victoire à couronner leurs fronts !
Un télégramme en vol sur les fils électriques
Annonce, sans retard, nos triomphes magiques !
A l'instant les hameaux, bourgades et cités
Se pavoisent de fleurs, de drapeaux agités.
Dans les brillants banquets, les clubs et les théâtres,
Tous les cœurs du succès se montrent idolâtres !
Nous-même, par ce chant d'amour tout palpitant,
Nous avons couronné ce triomphe éclatant.

VIVENT LES FRANÇAIS TRIOMPHANTS.

CHANT GUERRIER A RÉVEILS.

I

Héros français, la valeur nous appelle
A la défense active de l'honneur ;
Dans les élans d'une ardeur fraternelle
Armons-nous tous pour le combat vengeur !
La fière Prusse ose braver la France
Et veut ternir ses immortels rayons ;
Faisons-lui voir qu'avec toute-puissance
La France est la reine des nations !

Réveil :

De Sarrebrück chantons la gloire
Qui couronne ses vrais enfants ;
Chantons tous avec la victoire :
Vivent les Français triomphants.

II

Pour dépasser les plus hautes conquêtes
Des fiers géants et des antiques Dieux,
De l'unité d'un nouveau monde en fêtes
Inspirons tous nos cœurs victorieux !
Plus de partis dans le péril extrême :
Amnistie, ordre, amour, foi, liberté !
Devenons tous pour le succès suprême
Les conquérants de la fraternité !

Réveil :

De Sarrebrück chantons la gloire, etc.

III

Tremblez, Prussiens que frappe sur la face
Le peuple franc, le grand *peuple-soleil !*
Tremblez, tremblez, nos héros pleins d'audace
Des Austerlitz ont sonné le réveil !
Tremble à ton tour, ô vaillant roi Guillaume,
Qui veux entrer à Paris souverain.
Pour s'emparer de ton fameux royaume
Les Dieux français entreront à Berlin !

Réveil :

De Sarrebrück chantons la gloire, etc.

IV

L'APPEL AUX PEUPLES.

Peuples témoins des batailles épiques
Qui font tonner deux nations en feu,
Réunissez leurs amours héroïques
Sous l'arc-en-ciel, saint étendard de Dieu !
Par l'unité, la France avec la Prusse
Renverseront la fatale Babel,
Et, détruisant toute coupable astuce,
Feront régner le peuple universel !

Réveil :

De Sarrebrück chantons la gloire
Qui couronne ses vrais enfants ;
Crions tous avec la victoire :
Vivent les Français triomphants !

Pourquoi faut-il, grand Dieu, que le soleil splendide
Des victoires de feu que la guerre préside,
A Sarrebrück ardent ait suivi les Français,
Pour les quitter soudain au milieu des succès,
Et suivre les Prussiens, qui désormais sans cesse
Vont battre les Français malgré toute prouesse?
Sans doute vous voulez que l'on dise que, craint,
Le soleil de la guerre en France s'est éteint,
Et sera remplacé par le soleil céleste
De la paix, devant qui fuit la guerre funeste,
Que chasseront bientôt les peuples réunis
En peuple universel plein de bienfaits bénis!
Pour proclamer la paix que la raison proclame,
L'Allemagne homme-femme et *la France homme-femme*,
Les *mères-nations* des plus fameux guerriers,
Qui mettent leur honneur dans les sanglants lauriers,
S'embrassèrent au champ de bataille fumante
Sur les cadavres chauds de leurs fils en tourmente.
A genoux, tout en pleurs, avec de saints amours,
Elles prièrent Dieu de terminer le cours
Des combats désolants qui remplissent le monde
De feu, de sang, de mort, où la vengeance gronde.
Mais, malgré tous leurs cris, les *mères-nations*,
Qui croyaient célébrer leurs douces unions,
Ne purent arrêter dans ses lois insondables
Dieu qui veut châtier tous les peuples coupables,
Dont les haines, sans peur, brisent l'amour divin,
Qui ne peut pas tout seul sauver le genre humain.
Dieu ne veut pas broyer le puissant libre arbitre,
Qui de l'homme et la femme est le plus noble titre,
Et qui seul dans le temps et dans l'éternité
Enfante le malheur ou la félicité!!
Pleins de nouveaux courroux que souffle avec furie

La Guerriade, qui fait la plus vile orgie,
Et lance les démons des combats fulgurants
Qui changent les humains en tigres dévorants,
Plus que jamais, hélas! pour la mort de la France,
Les fiers ennemis vont se battre à toute outrance!
En vain la *Paxéide*, ange tout radieux
De la paix qui conduit les esprits merveilleux,
Excite avec amour ses bataillons de vie,
Afin de terrasser sa superbe ennemie.
La Guerriade, en proie au plus haineux transport,
Excite avec plus d'art ses bataillons de mort,
Elle chasse dans l'air la douce *Paxéide*
Et les esprits d'amour que la clémence guide!
La Guerriade veut boire à tous ses festins
Des larmes et du sang, qui sont ses meilleurs vins;
La Guerriade veut dévorer les cadavres
Dont elle va remplir tous les camps et les havres!
Ne pouvant pas donner la victoire aux Français,
A qui sa voix offrait des triomphes complets,
Des Français qu'elle immole aux Allemands, sans grâce,
La Guerriade veut devenir la Judasse!!!
Afin de compléter tous nos malheurs criards,
La Guerriade en bloc mange cinq milliards
Pour gâteau de dessert qu'au pétrin de la honte
La guerre fait pétrir à la paix qu'elle affronte!
La Guerriade broie avec ses légions
La France, qu'à la croix vont clouer les démons!!

FIN DU DEUXIÈME CHANT.

CHANT TROISIÈME

ou

Le Chant des combats de Wissembourg, de Forbach, de Reichshoffen, de Freeschvillér, de Sedan et de la Capitulation, et de ses
suites fatales.

Justement irrités de l'ardente victoire
Qu'à Sarrebrück la France a gagnée avec gloire.
Les Prussiens, commandés par des héros fameux
Qu'électrisent le roi, les princes valeureux,
Jurent de se venger de leur défaite aride
Avec tous les transports de la vengeance avide !
Quatre fois plus nombreux que nous, à Wissembourg,
Qui de la triste Alsace est un tout petit bourg,
Ils tombèrent soudain, comme une trombe affreuse,
Sur les Français remplis de leur victoire heureuse,
Juste au moment fatal où la faim apprêtait
Les vivres dont, dit-on, la quantité manquait !
Malgré tous leurs efforts et leurs brûlants prodiges,
Lês Français, que le jeûne a remplis de vertiges,
Sont repoussés, battus par les ennemis fiers,
Que rendent plus puissants nos funestes revers !
Quand il voit tout perdu dans la lutte stérile
Que ne peut relever son courage d'Achille,
Le général Douay s'avance fièrement
Sous le feu qui lui fait un rempart tout fumant :
La mitraille redouble et moissonne avec rage
Les héros qui bravaient le foudroyant orage,
Douay s'avance avec plus d'intrépidité,

Puis s'arrête soudain!... non, il est arrêté
Par un boulet fatal qui brise sa poitrine
Sur laquelle il a mis la croix la plus divine;
En lançant son grand nom dans la splendeur des cieux
Où sont lancés les noms de tous les demi-dieux!
Soudain, en apprenant cette défaite noire
Et l'envahissement de notre territoire,
Les ministres, tremblants du succès étranger,
Déclarèrent partout *la patrie en danger!*
Les placards annonçant nos malheurs sans mystères
Ressemblaient sur les murs à d'affreuses vipères,
Et faisaient déborder des esprits et des yeux
Tous les pleurs, les effrois, les transports furieux,
Pour repousser les coups du péril qui menace,
Tout demande à grands cris une levée en masse.

Cependant l'ennemi s'avance ouvertement
Vers le cœur de la France en épouvantement :
Il arrive à Forbach!... Soudain, sans nulle halte,
Il fond sur les Français que la fureur exalte
Et qui dépassent tout par des traits de valeur
Dont même l'Allemand se dit l'admirateur!
Mais, hélas! les Français n'ont pas en leur puissance
Le nombre, qui toujours couronne la vaillance :
Il faut encor céder aux Prussiens plus nombreux
Et qui traînent après leurs bataillons fameux
Ces canons orateurs et monarques superbes
Devant qui nos canons sont des gamins imberbes!
En vain nos généraux, nos soldats inspirés
Lancent aux ennemis des trépas assurés,
En vain les ouragans des turcos, des zouaves
Qui s'amusent avec les plus sanglantes laves,
Pour chasser les Prussiens constamment augmentés,

Se dépassent avec leurs intrépidités,
Rien ne peut terrasser le nombre, la mitraille,
Qui fulminent les morts sur le champ de bataille !
Ainsi les flots houleux des inondations
Qu'alimente l'averse en révolutions,
Remplacent constamment les flots qui se succèdent
Et triomphent toujours des digues qu'ils obsèdent ;
Ainsi des fiers pouvoirs, les crises sans répits.
Que font les prétendants et les sombres partis,
Finissent par briser les plus puissants États,
Emportés par les flots des haines en sabbats !
Les Français sont vaincus par la force mortelle,
Mais ils restent vainqueurs par la *gloire éternelle !*
C'est à Forbach qu'après un combat fulminant,
Mourut avec éclat le jeune lieutenant
Ernest *Urtin*, qu'aimait la garde impériale
Que couronnait d'honneur sa gloire filiale.
Le jeune Ernest, âgé de vingt-sept ans fleuris,
Grand, gracieux et fort, plein d'élans aguerris,
Était idolâtré de ses frères, sœurs, mère,
Et des parents, qui tous pleurent sa mort amère.
Quatre jours seulement avant son départ prompt
Pour le combat fatal rempli d'un deuil profond,
Ernest, qui chérissait avec son âme éprise
Une très-noble fille à son amour promise,
Avait renouvelé sa sainte affection
Par un contrat passé chez un tabellion ;
Il avait couronné sa digne fiancée
D'un doux baiser posé sur la tête baissée
De sa future épouse, hélas ! qui toute en pleurs
Lui fit des adieux qui présageaient leurs malheurs !
Par un saint dévouement, au combat de parade,
Ernest voulut couvrir son commandant malade,

2

Il vola le premier sur un Prussien puissant
Qui déjà brandissait son sabre frémissant,
Quand, soudain, à son front il reçut une balle
Qui lui fit d'abord faire une chute fatale !
Ernest se relevait par un suprême effort,
Il allait échapper au plus lugubre sort,
Quand un groupe ennemi d'Allemands pleins de rage
L'enveloppe, le cache et le livre au carnage,
Sans qu'on ait pu savoir ce qu'était devenu
Ernest, pleuré de tous les cœurs qui l'ont connu,
Et surtout par sa mère à qui sa mort d'alarmes
A ravi le plus cher de ses enfants en larmes !
Après avoir pleuré le jeune Ernest Urtin,
De qui j'avais l'honneur d'être le vieux cousin,
Je paye avec amour un doux tribut d'éloges
A tous les fiers guerriers morts aux premières loges
Du théâtre sanglant de la guerre à canons,
Qui d'immortalité parfument tous les noms
Des héros dont la mort fit vivre la jeunesse
Quand, peut-être, la vie eût tué leur vieillesse !
Le sort qui des Français a foudroyé l'élan
A Wissembourg, Forbach, en laves de volcan,
Vient les frapper encor sans ébranler leurs âmes
A Freswiller ainsi qu'à Reichshoffen en flammes.
Le duc de Magenta, l'illustre Mac-Mahon,
Que couronne l'honneur du plus brillant rayon,
Au fatal Reichshoffen que la gloire illumine
De toutes les splendeurs que la valeur fulmine,
Avec trente-cinq mille héroïques Français,
Tint en échec longtemps par les plus grands hauts faits
Les cent cinquante mille Allemands en bon ordre
Qui fulminent sur nous les boulets sans démordre;
Mais bientôt sous le nombre il nous fallut céder

Le terrain que l'honneur ne pouvait plus garder
Sans faire anéantir toute l'armée en masse
Que la fatale mort sous ses boulets entasse
Et qui veut affronter le trépas à plein vent
Tant qu'un soldat français demeurera vivant !
Alors se déroula le plus sublime faste
Que puisse célébrer la gloire la plus vaste,
Et qui demanderait tous les luths souverains
Qui chantèrent jadis les triomphes divins !
Le vaillant Mac-Mahon, qui sur ses enfants pleure
En voyant que chacun touche à sa dernière heure,
Demande des héros d'ardente volonté
Pour subir le trépas plein de divinité,
Aussi beau que celui du Christ sur la croix sainte,
Qui se dresse devant tous les soldats sans crainte.
Il fait voir de la main les forêts d'Allemands
Qui font pleuvoir à flots tous les boulets fumants ;
Il demande quels sont les héros, les christs calmes,
Qui veulent conquérir les croix pleines de palmes,
Qui veulent dominer dans la postérité
Et gagner par la mort toute immortalité
En se jetant sans peur dans la fournaise ardente
Des Prussiens enivrés d'une foi triomphante.
Soudain, tous les soldats s'offrent avec transport
Pour aller conquérir les palmes de la mort,
Et sauver par ce fait presque l'armée entière
Que les fiers ennemis brisent sous le tonnerre.
Le brave Mac-Mahon choisit les cuirassiers,
Qui sont tout glorieux d'un choix plein de lauriers !
Le vaillant général veut les guider lui-même
Au trépas désiré par son amour suprême ;
Mais les chefs, s'opposant à son saint dévouement,
Le font rester avec l'armée en mouvement

Qui fait à pas pressés une retraite utile
Qu'en sortant de la tombe admirent les *Dix mille*
Que jadis conduisait l'immortel Xénophon,
De qui l'ombre embrassa l'illustre Mac-Mahon !!!
Alors les *cuirassiers de la mort* tout en fête
Fondent sur les Prussiens ainsi que la tempête.
Les ennemis, frappés de ce choc merveilleux,
Croient être le jouet d'un rêve ténébreux.
Mille fois plus nombreux que ces quatre cents braves
Qui sous leur ouragan brisent toutes entraves,
Bientôt les ennemis écrasent sous leurs coups
Les vaillants cuirassiers qui meurent presque tous,
Mais qui sauvent l'armée et par leur saint martyre
Gagnent tous les lauriers que l'univers admire !
Du fameux Reichshoffen les cuirassiers sans peur
Se montrent en ce jour les christs de la valeur !
En se laissant clouer sur une croix féconde,
Le Christ vaincu divin fut le vainqueur du monde !
En se crucifiant sur la croix des hauts faits,
Les vaincus sont vainqueurs des vainqueurs stupéfaits !
Permettez, grands martyrs qui faites les miracles
De la mort où la vie offre de saints spectacles,
Permettez que je chante en brûlant souvenir
Les fastes que sans fin chantera l'avenir !

GLOIRE AUX CUIRASSIERS DE LA MORT

A LA BATAILLE DE REISCHOFFEN.

CHANT DE GLOIRE.

I

Pour sauver la vaillante armée
Que charge le Prussien vainqueur,

Mac-Mahon, d'une âme enflammée,
Appelle des Bayards sans peur.
Soudain, les christs de la patrie,
Les cuirassiers, bravant le sort,
Offrent leur vaillance et leur vie !
Gloire aux cuirassiers de la mort !

II

Comme une formidable trombe,
Ils volent sur les ennemis
Qui, croyant voir s'ouvrir la tombe,
Redoublent leurs feux aguerris.
Le trépas sans peur, de nos braves,
Détourne leur fougueux transport
Qui fait jaillir toutes les laves !
Gloire aux cuirassiers de la mort!

III

Pendant une heure de délire
Que marque l'immortalité,
Nos héros que le monde admire
Bravent le trépas irrité !
Le combat que la gloire enivre
Cesse enfin, parce qu'en accord
Tous les christs ont cessé de vivre !
Gloire aux cuirassiers de la mort!

IV

Ils ne sont plus les christs de guerre
Qui dépassent tous les guerriers,
Car ils sont morts sur le calvaire
Qui mérite de saints lauriers !

2.

Ils ne sont plus, mais leurs génies
Qu'immortalise leur effort
Les feront vivre en vrais Messies !
Gloire aux cuirassiers de la mort !

Les Français, aux combats sanglants de Gravelotte
Et du fier Vionville, où la victoire flotte,
Avaient conquis d'abord un succès important.
Mais, hélas ! il fallut le céder à l'instant !

L'ennemi triomphant accourt avec envie
Sous les murs de Sédan où l'armée est unie.
L'empereur tient conseil avec les généraux
Des fières légions de nos soldats héros !..
Déjà s'est engagée une bataille ardente
D'où dépend le salut de la France tonnante.
Mac-Mahon, général de nos guerriers vaillants
Qui brûlent d'écraser les sombres assaillants,
Se bat comme un lion ; à diverses reprises
Il bat les ennemis pleins de noires surprises ;
Il allait emporter des triomphes certains,
Quand un fatal boulet le blesse près des reins,
Et le force à tomber dans une fange impure
Qu'il rougit du pur sang de sa large blessure..
L'ordre se ralentit dans l'armée en tourment,
Qui croit son général frappé mortellement,
L'ennemi, profitant de la triste panique,
Redouble ses efforts dans la lutte olympique ;
Et toujours secouru par le nombre cruel,
Il finit par gagner le triomphe mortel,
Malgré tous les transports de la valeur française,
Qui lance jusqu'aux cieux l'honneur de la fournaise,
Et qui sans doute aurait conquis tous les succès

Si l'héroïsme eût pu triompher par l'excès !
Gonflé par la victoire en ivresse profane,
L'orgueilleux ennemi s'admire et se pavane.
Il entoure soudain les murs de la cité
De Sedan, qu'il veut prendre en assaut exalté !
En voyant les Prussiens dont le cercle environne
Sedan, qui malgré lui dans ses remparts frissonne,
L'Empereur, tourmenté, crut qu'inutilement
Les Français lutteraient avec acharnement
Contre des ennemis dont le nombre quadruple
Augmente les élans que le succès centuple !...
A l'instant il reçoit une sommation
Du roi, qui de Sedan veut la soumission,
Sous peine de subir un bombardement vaste
Qui la fera griller sur un bûcher néfaste !
Alors l'empereur dit qu'il faut capituler
Pour empêcher Sedan de tout entier brûler ;
Qu'il faut en même temps que l'armée en tourmente
Se rende au vainqueur plein d'une rage écrasante,
Afin de n'être pas sacrifiée en bloc
A l'ennemi qui va tout broyer dans son choc !..
Napoléon s'immole à l'humanité forte,
Qui des cœurs les plus fiers sait enfoncer la porte.
Le général Wimpffen, remplaçant Mac-Mahon,
Signe de Sedan la capitulation ;
Napoléon envoie en pleurant son épée,
Qui déjà par la gloire avait été trempée,
Au puissant roi Guillaume, étonné, satisfait
D'un triomphe qu'au cœur l'humanité dictait !
En se sacrifiant d'une ardeur souveraine,
Napoléon Premier fut christ de Sainte-Hélène :
Peut-être l'on dira que, par son triste élan,
Napoléon trois fut l'homme-Christ de Sedan ! !

A peine, avec stupeur, notre héroïque armée
Eut appris dans quel gouffre elle était abîmée,
Que les vaillants guerriers que l'honneur enflammait .
De leur honteuse mort voulaient casser l'arrêt ;
Plusieurs, pour échapper au lugubre esclavage,
Qui de tout prisonnier est le triste apanage,
Après avoir vêtu des costumes divers
S'enfuirent par les eaux ou bien par les déserts !
Cependant le grand nombre, hélas ! dut se soumettre
Au destin, qui de tout est l'invincible maître !
A l'instant quatre-vingt mille soldats dispos,
Qui désiraient se battre et mourir en héros,
Furent expédiés pour la fière Allemagne,
Où le malheur, que suit la mort, les accompagne !
Voilà donc, ô grand Dieu, les terribles destins
Que fulminent vos lois aux héros souverains,
Pour apprendre, sans doute, aux peuples de la terre
Qu'après avoir conquis les lauriers de la guerre
Afin de s'élever jusqu'aux cieux du progrès
Ils doivent conquérir les palmes de la paix !
De Sedan désolé les lugubres désastres
De la France qui pleure éclipsent tous les astres !!
Sous les coups du malheur qui toujours tonnera
Tout soudain capitule ou capitulera.
Malgré le fier Uhrich, qui jamais ne recule,
Strasbourg, tout foudroyé, à la fin capitule ;
Metz, tremblant, capitule, et Bazaine est traduit
En noir conseil de guerre, où la mort le poursuit ;
Phalsbourg, Toul et Belfort, Paris que la faim presse,
Tout capitulera dans la sombre détresse !
Le mot d'ordre est ce mot de malédiction :

Capitulation, capitulation!!!

Et lançant l'athéisme et l'infernal blasphème,
Satan veut faire à mort capituler Dieu même !

FIN DU TROISIÈME CHANT.

CHANT QUATRIÈME

OU

Le Chant de la Déchéance de l'Empereur, du 4 Septembre, de la
Défense nationale, de la proclamation de la République, etc.

Quand le vent du malheur sur nous démuselé
Eut appris que Sedan avait capitulé
Et que notre empereur au roi Guillaume en fête
Envoyait son épée en signe de défaite,
La honte fit bondir tout Paris par sursaut
Comme si sur son cœur on eût mis un fer chaud !
Le Corps législatif à l'instant se rassemble
Au fier palais Bourbon, qui sous l'émeute tremble !
Plusieurs représentants déjà républicains
Lancent sur l'empereur leurs tonnerres hautains ;
Ils proposent, sans peur, la sombre déchéance
Du monarque vaincu, prisonnier, sans défense.
Malgré quelques efforts des ministres troublés
Qui craignent de se voir par la rage foulés,
Sous le flot mugissant de la foule en tumulte
Qui force le palais et veut qu'on la consulte,
La prompte déchéance est prononcée en fait

Par les députés, dont le peuple est satisfait!
Tout crie avec fureur : Vive la République!
Dans Paris qui n'est plus qu'une place publique.
Les aigles sont chassés de tous les monuments
Et de tous les vitraux et les bureaux fumants.
Les fiers représentants de Paris qu'on acclame
Se rendent à l'Hôtel de ville tout en flamme,
Ils proclament soudain le gouvernement fort
De la *défense nationale* en transport!
Ce grand gouvernement, composé de douze hommes
Pleins de mauvais sommeils et de mauvaises sommes,
Du *Quatre Septembre* a le nom, retentissant
Comme un coup de tonnerre en éclat tout-puissant!
C'est sur lui que bientôt nos têtes et nos ventres
Dont la famine va déconcerter les centres,
Jetteront les chevaux, les chiens, les chats, les rats,
Et le pain noir pétri par le siége en sabbats ;
C'est sur lui que bientôt toutes les monarchies
Lanceront le pétrole et les noirs incendies,
Les balles, les boulets et les crimes partout!...
A-t-on tort ou raison? Je n'en sais rien du tout.
Je pense cependant qu'en pesant tout ensemble,
On trouve beaucoup plus de tort: que vous en semble?
Plusieurs disent souvent que dans ce temps noirci
Ils auraient tous raison s'ils avaient réussi!
Le succès fait, hélas! la gloire et le mérite,
Que la défaite change en crimes sans limite!
Mes yeux troublés ont vu ces foudroyants festins
Qui dans une seconde ont changé nos destins!
Ainsi cet empereur et cette impératrice,
Qui vingt ans ont régné sur les Français, en lice,
Sont soudain emportés par l'ouragan d'exil,
Que fait toujours gronder la puissance en péril!

Ainsi furent broyés les grands rois Louis Seize,
Dont la tête tomba sous la hache française,
Les rois Louis Dix-huit, Charles Dix, sans quartier,
Philippe le Premier, Napoléon Premier,
Dans l'espace de moins de cent ans de distance!
Quels sont donc, ô grand Dieu, vos décrets de puissance?
Voulez-vous châtier ou bien récompenser,
Grand Dieu, les souverains que vous faites chasser
Par le peuple, qui perd dans les temps de furie
La raison qui toujours danse avec la folie?
En entendant chanter la république en feu,
Qui plus que le canon retentit en tout lieu,
Et qui pour se couvrir d'une gloire éternelle
Dès qu'elle voit le jour veut être universelle,
Les riches et les grands, ministres, sénateurs
Et tous les chefs d'emplois couronnés de grandeurs,
Craignant de voir les temps de la Terreur fatale,
Quittèrent aussitôt la grande capitale,
Où l'on n'aperçoit plus d'équipages divers,
Où les palais peuplés deviennent des déserts!
Aucun assassinat, aucune volerie
Ne se fait cependant dans Paris en folie :
Par des précautions pleines d'effets sauveurs,
De grands poteaux portaient ces mots: *Mort aux voleurs!*
Les douze dictateurs nomment, en bons confrères,
Favre ministre des affaires étrangères.
En cette qualité, le ministre nouveau,
Qui du *Quatre Septembre* est l'astre le plus beau,
A nos fiers ennemis adresse un manifeste
Dans l'espoir de finir une guerre funeste.
Par ce fameux écrit il dit avec fierté
Qu'il veut bien de la paix formuler un traité,
Mais qu'il ne cédera, pour la France en colère,

Pas un pouce du sol, pas une seule pierre
Des forteresses ou de nos fameux remparts
Qui sont du sol français les puissants boulevarts !
Le roi de Prusse, à qui la colère est montée
Devant la république à sa face jetée,
Déclare hautement qu'il veut continuer
La guerre avec la France afin de la tuer.
En vain l'illustre Favre arrosera de larmes
Bismarck, fort peu sensible aux plus larmoyants charmes,
La Guerrriade en feu, que rien ne peut dompter,
Redouble ses fureurs et sait faire éclater
Entre Prussiens, Français, les discordes féroces
Qui ne peuvent finir que par les morts atroces
De l'un ou l'autre peuple, en proie au noir démon
De la guerre, acharnée au trépas sans pardon !
Désespéré de voir la Guerriade fauve
Chasser de tous les cœurs le saint amour qui sauve,
Au risque de me faire en lambeaux déchirer,
Je célèbre la paix qui veut bien m'inspirer,
Dans tous les sombres clubs que la rage soulève,
Où chacun crie à mort : « Guerre ! guerre sans trève ! »
Les Français, les Prussiens, prêts à se terrasser,
Paraissent un instant tout prêts à s'embrasser !...
Satan lui-même alors sort des rouges abîmes
Avec la Guerriade et la guerre et les crimes ;
Il souffle aux ennemis la rage des combats
Qui doivent tout livrer à d'infernaux trépas ;
Des deux camps opposés les héros olympiques
Font retentir des cris de guerre frénétiques ;
Les preux qui dans la paix devaient tous triompher,
Dans la guerre qui bout sont prêts à s'étouffer !
Alors, pour arrêter tant de discordes noires
La Sainte Vierge du temple ardent *des Victoirs*

Demande à Dieu de faire un miracle d'amour
Qui repousse Satan dans l'infernal séjour,
Et permette à la paix triomphante et divine
D'unir les nations que la guerre assassine !
A la voix de la Vierge, avec la cour du ciel
Dieu vient soudain trôner sur le plus saint autel !
Dieu dit, en s'inclinant devant la Vierge mère,
Que s'il peut se trouver sur cette terre altière
Un seul homme *paxphile*, un Noé de la paix,
Dont il guiderait l'arche au sommet des bienfaits,
En foudroyant Satan dans son enfer immonde,
Il unirait la Prusse et la France et le monde,
Comme il sauva jadis le monde déchiré
En trouvant dans Noé le seul juste inspiré !
Hélas ! comme *paxphile*, en cette terre infâme,
La Vierge ne trouva pas un seul homme ou femme !
Malgré tout son amour pour la Vierge en élan,
Dieu saint fut obligé de fuir devant Satan,
Quoique, s'il eût voulu, par sa toute-puissance
Il eût pu foudroyer Satan et sa vengeance ;
Mais il aurait fallu mettre l'homme à néant !
Dieu rend, pour son salut, libre l'homme géant :
Pour la première fois, quand l'amour le submerge,
Dieu ne put pas souscrire au désir de la Vierge,
Qui demanda que Dieu lui permît par ses lois
De se crucifier sur la divine croix
Pour l'éternel salut de la France sacrée,
Pour donner âme et vie à la terre éplorée !
Dieu, tombant à genoux devant la Vierge en pleurs,
Qui voudrait devenir le plus grand des sauveurs,
L'adore !.. mais lui dit du ton le plus splendide :
« Vierge, par votre mort Dieu serait parricide,
Dieu détruirait le ciel et la divinité,

3

Dieu saint abdiquerait son immortalité,
Dieu rendrait Dieu Satan, qui deviendrait le maître
De l'univers, soumis à sa vengeance traître !
Donc, en la couronnant de soleils merveilleux,
Dieu refusa la croix à la Vierge des cieux !
La Vierge s'inclina devant l'arrêt céleste,
Dont son amour comprit la raison·manifeste ;
Mais elle se voila de longs crêpes de deuil,
Et son temple, un instant, devint son noir cercueil !
L'impossibilité, pleine d'amour visible,
Pour le Dieu tout-puissant, à qui tout est possible,
De faire *un rien* de l'homme et de Dieu le bourreau,
Guillotinant sa mère et lui-même au tombeau,
Veut donc, fatalement, que la guerre persiste
Entre de fiers héros à qui rien ne résiste,
Et dont, tout en fouettant la guerre et ses réveils,
Je couronne l'honneur des plus brillants soleils !

FIN DU QUATRIÈME CHANT.

CHANT CINQUIÈME

ou

Le Chant du Siége, du Bombardement, du 31 Octobre,
des Prussiens à Versailles, etc.

La Guerriade, qui faillit mourir de joie
Que cause le malheur où le bonheur se noie,

Lance les ennemi   tout train de vapeur
Sur Paris, qui s'a prête au dernier coup vengeur,
Qui fait sur tous les points, plein d'ardeur martiale,
Manœuvrer la *mobile* et la *nationale*,
Et qui, pour maintenir l'ordre un peu délirant,
S'était mis en état de siége fulgurant.
Paris est défendu par trois cent mille braves
Qui lancent l'héroïsme en volcaniques laves!
Tout court renforcer les fortifications,
Qu'on arme de fusils et de mortels canons!
L'ennemi, prompt, paraît et bientôt environne
Tout Paris, dont il fait l'infernale couronne!
L'ennemi met Paris dans des cercles de fer,
Qu'on peut fort bien nommer les cercles de l'enfer,
Car jamais on n'a vu de plus lugubres siéges
Renfermer une ville en plus lugubres piéges!
Pendant le siége affreux, qui dura quatre mois,
Se sont faits vingt combats réchauffés par les froids!
Les combats principaux, où fusils, mitrailleuses
Et canons ont vomi les morts les plus hideuses,
Sont Clamart, Chevilly, Champigny, le Bourget,
Châtillon, Buzenval, Montretout en haut fait,
Où nos vaillants héros, même dans les défaites,.
Ont gravi de l'honneur les plus sublimes faites.
Afin de repousser les agresseurs sans lois
Qui des vivres souvent arrêtaient les convois,
Nos fiers guerriers ont fait de vaillantes sorties
Qui méritent l'honneur des louanges amies.
Désirant consacrer un discours merveilleux
Où rayonnaient ces mots: *Mort ou victorieux!*
L'ardent Ducrot, en qui la vaillance s'incarne,
Devint victorieux du combat de la Marne,
Et quoique, sans ternir la gloire du premier,

L'ennemi soit vainqueur dans un combat dernier,
Ducrot a dit, rentrant, du haut du Capitole,
« Je fus *victorieux*, j'ai tenu ma parole! »
Que ne puis-je citer ici tous les grands noms
Des guerriers qui se sont couverts de saints renoms
En se couronnant tous des éclatantes palmes
Que produit la valeur ardente dans ses calmes!
Gloire à vous, gloire à vous, généraux, officiers
Et soldats de toute arme, illustres héritiers
Des plus vaillants héros tout panachés de gloires,
Et de qui vos échecs égalent les victoires!
Le succès bien souvent, ne fait pas la valeur,
Mais toujours la valeur fait le succès d'honneur!
Gloire à vous, fiers Renault, Ladreit de la Charrière,
Franchetti, Bourbaki, Regnault, Blaise, Dampierre,
Davout, digne neveu du plus grand des héros
Dont toujours la victoire illustra les travaux!
Gloire à vous tous, enfin, soldats pleins de vaillance
Que de tous les honneurs couronnera la France,
Et qui, remplis de foi, par des trépas pieux
Avez conquis l'amour de la terre et des cieux!
Gloire à vous, martyrs-christs de la France morose,
Qui par vous ressuscite en sainte apothéose!
Tandis que des combats se livrent à l'entour
De Paris, pour chasser l'ennemi, son vautour,
Les criminels partis déchaînent dans la ville
Le farouche démon de la guerre civile!
Vainement, dans les clubs, où la haine sans frein
De l'esprit de malheur distille le venin,
Ma voix fait retentir les chants de la concorde
Que je lance sans peur sur l'affreuse discorde,
En criant que, malgré tout malheur soulevé,
Rien n'est perdu pour nous si l'honneur est sauvé :

Des féroces partis l'esprit démoniaque,
Enflammant les fureurs, les excite à l'attaque
Avec d'autant plus d'art qu'en cet abîme ouvert
L'homme ne veut plus croire au diable, qui le perd ;
Le désespoir haineux ne connaît plus de bornes
Et lance les éclairs, les foudres les plus mornes.
Les flots de la discorde allant toujours croissant,
Dans le jour du *trente-un octobre* rugissant
Envahirent soudain l'Hôtel de ville en nage
A vingt mètres plus haut que le calme étiage !
On craignit un instant que les grands dictateurs
Du fier *Quatre-Septembre*, en proie aux agresseurs,
Fussent tous emportés, noyés dans la mer rouge
De la *Commune*, qui germait dans chaque bouge.
Après avoir battu de ses superbes flots
L'âpre Quatre-Septembre et Paris sans repos,
L'*Océan radical*, grâce aux digues de balles,
Rentra dans le dur lit des couches sociales,
Pour emporter plus tard, comme un déluge affreux,
Les *quatre-septembreurs* et Paris tout en feux !
Dans l'espoir d'obtenir la concorde opportune,
Que menaçait déjà la future *Commune*,
Je fis tonner partout ce chant libérateur,
Où je chantais Paris fraternel et sauveur :

PARIS SAUVEUR PAR LA CONCORDE.

CHANT DE FRATERNITÉ.

I

O Parisiens, soyons tous frères !
La guerre, sans frein et sans lois,

Entoure Paris de calvaires
Et veut nous clouer sur la croix !
Chassons la discorde cruelle,
Brûlons d'héroïques amours :
Par la concorde fraternelle,
Paris nous sauvera toujours !

II

En vain tous les canons funèbres
Lancent leurs tonnerres pervers
Pour envelopper de ténèbres
Paris, soleil de l'univers !
Jamais la mitraille rebelle
N'éteindra l'astre des grands jours !
Par la victoire fraternelle,
Paris nous sauvera toujours !

III

Français, tout en versant des larmes
Sur nos frères morts sans frissons,
Et sur les mères en alarmes
Que brisent les coups de canons,
Chantons notre gloire immortelle,
Dont rien ne termine le cours :
Par la victoire fraternelle,
Paris nous sauvera toujours !

IV

Paris-Soleil, âme du monde,
Fais embrasser tous tes enfants ;
Par l'unité la plus féconde,
Rends-nous aussitôt triomphants !

Mais déjà la France fidèle
Triomphe avec ton saint concours!
Par la victoire fraternelle,
Paris nous sauvera toujours!

Ce chant qu'improvisa la fraternité sainte
Chassa pour un instant la discorde contrainte;
Mais, croyant que toujours les *quatre-septembreurs*
Trahissaient le vrai peuple en proie aux exploiteurs,
Le *parti communal*, de sa tombe fumante,
Ressuscita bientôt la discorde tonnante!
Joyeux de nos fureurs, le grand état-major
Des vainqueurs illustrés de princes en essor
Se pavane, sans peur, au palais de Versailles,
Qui croit voir arriver le jour des funérailles.
C'est là que nos vainqueurs, pendant trois mois entiers,
Font leurs brillants festins et leurs assauts altiers;
C'est là que leurs regards contemplent nos musées
Qui du fier désespoir leur lancent les fusées;
C'est là qu'ils vont fumer avec le rói-soleil
Louis Quatorze, plein d'un courroux sans pareil,
Et qui, pour se venger, sur leurs superbes rêves
Lance des cauchemars de batailles sans trêves
Où le grand *roi soleil* est toujours triomphant
Et les écrase tous sous son sceptre étouffant!
Les vainqueurs font jouer les bassins en colère,
Qui pleurent du sang blanc et non pas de l'eau claire.
A Versailles, à qui les Prussiens fortunés
Ont ravi le tabac dont ils bourrent leurs nez,
Le vaillant roi de Prusse, en buvant du champagne,
Se fait proclamer grand empereur d'Allemagne!
A Versailles mourant, pour tuer nos destins,
Les vainqueurs font gaîment les plus pompeux festins.

A Paris discordant tous les vivres s'épuisent,
Lorsque les appétits avec rage s'aiguisent;
Il faut déjà manger le strangulant pain noir
Du seigle plein de paille, et d'affreux désespoir;
Il faut manger le chat, le rat, le cheval, l'âne,
Le chameau, l'éléphant, l'ours, le singe profane;
En le tuant en pleurs quand il est endormi,
Il faut manger le chien, notre meilleur ami.
Pour dessert infernal à ces festins de glace
Que dévore Paris plein d'une faim vorace,
Les Prussiens font pleuvoir sur Paris tout fumant
Les bombes, les obus du noir bombardement.
Pendant quinze *jours-nuits*, Paris sous la rafale
Reçut d'affreux obus une averse infernale
Qui brûle les maisons, coupe jambes et bras
Et brise l'existence en lançant leurs éclats!
Les vivres épuisés dans Paris diminuent,
Et les accroissements de la faim continuent.
Plus rien!... C'est faux!... Horreur!... La consternation
Folle dit : « Mangez!... La *capitulation!*... »
O grand Dieu! détournez, éloignez ce calice,
Laissez, s'il faut, la faim consommer le supplice.
Plutôt que d'enterrer l'honneur tout écumant,
Dieu! faites-nous subir le saint crucifiement!
Si l'honneur vit vainqueur, c'est assez pour la France,
La France dans la mort trouvera l'existence!
En mourant par la faim, sur la croix en rayon,
La *France-Christ* fera sa résurrection!

FIN DU CINQUIÈME CHANT.

CHANT SIXIÈME

ou

Le Chant de la Philanthropophagie, de la Capitulation,
du Traité de paix, etc.

Dans l'espoir de broyer l'écrasante montagne
De honte où meurt Paris en battant la campagne,
La Philanthropophagie, enfant de mon cœur,
Dont l'amour la créa comme un astre sauveur,
Monta sur le grand arc de triomphe en alarmes
Et de qui les héros pleuraient du sang à larmes ;
La Philanthropophagie, en divin tribut,
Fit tonner ce discours comme *coup de salut* :
Parisiens, je suis la Philanthropophagie,
Qui fait manger entre eux les hommes pleins de vie ;
Je viens vous apporter la chair de votre chair,
Présent le plus sacré, le plus doux, le plus cher.
Paris est le vaisseau de l'affreuse Méduse
Que dévore ardemment la faim pleine de ruse ;
Je viens vous ordonner de faire avec éclat
Le plus retentissant de tous les coups d'État,
Qui vaincra le vainqueur, dont l'ardeur rayonnante
Exploite adroitement votre faim dévorante.
Le grand *coup de salut* est dans les trépas saints
De la femme et de l'homme à soixante ans atteints ;
Le grand *coup de salut* est dans le trépas sage
De tous vos gouvernants sans distinction d'âge !
Les *quatre-septembreurs*, pour leurs bienfaits forgés,

3.

Méritent d'être tous *philanthropophagés !!!*
Sacrifiez-vous donc sans peur et sans reproche,
La famine en fureur fait retentir sa cloche ;
Mangez-vous aujourd'hui d'un accord souverain,
Le plus mortel trop tard fulminera demain !
Ne capitulez pas, ne perdez pas la France
Que vous pouvez sauver avec toute espérance !
Songez bien que du haut de cet arc triomphal
Dont je fais en ce jour mon autel sidéral,
Toute la gloire en bloc vous contemple en extase,
Comme des christs humains que le Christ saint embrase!
Ne capitulez pas, vous serez les vainqueurs !
Ne capitulez pas, vous serez des sauveurs !
Pour ne pas voir son front couvert de honte immonde,
Je décapiterai Paris, tête du monde!
Pour le salut du monde à Paris fourvoyé,
Sauvez le saint honneur de Paris foudroyé !
S'il ne vous reste plus assez d'hommes et femmes
Pour guider jusqu'au bout vos appétits de flammes,
Pour vivre, mourez tous sur votre dernier pain.
La gloire de Paris, c'est de mourir de faim ! »
Tout Paris à l'instant d'un amour héroïque
Couronna ce discours philanthropophagique.
Trochu dit sur un ton dont tout retentira :
Jamais le gouverneur ne capitulera!
Pour consacrer leur foi qu'à Dieu même ils jurèrent,
Les *quatre-septembreurs* soudain... capitulèrent !...
Et Paris n'osa pas philanthropophager,
Même *Gagne*, tout prêt à se faire manger,
Et qui mourut, *dit-on*, pendant plus d'un quart d'heure
En voyant repousser sa fille sans demeure !. .
Afin de châtier les sombres trahisons,
La philanthropophagie, à coups de bâtons,

Des *quatre-septembreurs* étrilla les échines,
Sur qui frappent sans fin les vengeances chagrines !
La Philanthropophagie, à coups de marteaux,
Brisa l'arc triomphal d'où fuirent les héros.
Elle broya plus tard, ainsi qu'un noir fantôme,
La colonne en tourment de la place Vendôme,
D'où voulut s'éclipser Napoléon le Grand
Pour n'être pas témoin de tout crime flagrant !
Pleine de fureur, la Philanthropophagie
Souffleta des deux mains la *Guerriade* impie
Qui nous jette en pâture aux vainqueurs absolus,
Que la Philanthropophagie aurait vaincus
En les faisant tomber dans l'extase suprême
Devant les Français, grands comme le Christ lui-même !
J'ose le soutenir d'un accent surhumain :
La Philanthropophagie a l'amour divin !

Paris capitulant obtint un armistice
Qui permit de chasser la faim dévastrice,
Et d'augmenter soudain les vivres très-réduits
Que l'on rationnait dans les divers produits,
Et qu'en faisant toujours les plus horribles queues,
Il fallait mendier avec des faces bleues !
Paris capitulé put déserter les forts
Où les canons faisaient la musique des morts,
Quitter les souterains, les sous-sols et les caves ;
Mais l'honneur le plongea dans l'égout des esclaves !
Paris capitulant put sortir des tombeaux
Où se trouvaient ses murs privés de tous flambeaux ;
Mais, hélas! il couvrit des ombres les plus ternes
La sainte liberté qui n'a plus de lanternes !
Paris capitulant devint un éteignoir
Qui cacha tout entier le soleil de l'espoir ;

Il fit fuir à l'instant les légions armées
Qu'envoyèrent vers nous vingt nations aimées,
Qu'envoya l'Amérique en un transport hardi,
Qu'envoya l'Italie avec Garibaldi !
Paris capitulant plongea dans les ténèbres
Les cités, les hameaux, les campagnes célèbres
Qu'occuppaient les Prussiens, qu'ils auraient pu dompter
Si Paris jusqu'à mort avait su resister,
Si Paris avait su devenir le Messie,
Né du sein virginal de la faim qui le scie ;
Si Paris, en un mot, avait su devenir
Le Christ du Golgotha, sauveur de l'avenir !
Paris capitulard désespéra les villes
D'Orléans, qu'illustra Jeanne d'Arc sans asiles ;
De Nancy, de Strasbourg, de Metz, de Châtaudun
Et d'autres lieux brûlants d'un courage opportun ;
Il rendit impuissants les généraux Faidherbe,
Cissey, Chanzy, Cremer, pleins d'un élan superbe,
Et tous les généraux, les soldats éperdus,
Qui pouvaient regagner tous les lauriers perdus !
Paris capitulard frappa d'une âpre crainte
Les *septembreurs* que Tours enferme en son ceinte,
Et le fier Gambetta, parti dans un ballon
Pour aller réchauffer la province en frisson,
Et qui, quoique vaincu, des triomphes complets
Chante les *Te Deum* et nomme des préfets !
Paris capitulard fait un paralytique
D'un peuple tout entier plein d'un feu volcanique,
Et transforme sans peur en débile guenon
La France qui des cœurs veut être la Junon !
Ainsi, par peur de la Philanthropophagie,
Qui les eût proclamés ses grands christs de génie,
Nos chefs ont mis au rang des nains, poltrons sans cieux,

La France et les Français, qui deviendront des dieux !
Le crime est consommé ! la France en croix est morte,
Il faut lui préparer le convoi qui l'emporte,
Et qui lui coûtera cinq milliards de francs,
En lui coupant l'Alsace et la Lorraine aux flancs,
Sans compter les faux frais accordés aux ministres
Ainsi qu'aux fossoyeurs et croquemorts sinistres.
L'illustre Thiers soudain va signer le *traité*
De paix d'enterrement pompeusement chanté
Par la Prusse, qui fait tonner dans tous les temples
Des *Te Deum* qui n'ont pour glorieux exemples
Que ceux que fit chanter en l'an mil huit cent six
Le fier Napoléon, dans Berlin même pris,
Et qui prend aujourd'hui sa petite revanche
En plongeant dans nos flancs la coignée et le manche !
Puissent, en renaissant dans le Dieu de Noël,
Paris, Berlin, s'offrir le baiser fraternel,
Et sur les vils tréteaux de la guerre maudite
Dresser l'autel béni de la paix sans limite,
Et que le *sens commun*, l'amour, l'humanité,
Prescrivent que tout chante à perpétuité !
Bismarck, que l'empereur à mis au rang des princes,
Ne se contente pas de deux grandes provinces
Et des cinq milliards arrachés du pur sein
De la France, qui meurt sous le coup assassin ;
Pour que la *France-Christ* boive la lie en reste
Du calice de fiel, de vinaigre et de peste,
Le prince veut encor que les fiers Allemands
Pénètrent dans Paris, plein de rugissements,
Jusques aux pieds, grand Dieu, de l'antique obélisque
Qui des siècles passés porte l'honneur sans risque,
Et qui, rempli d'horreur, faillit s'évanouir
A l'aspect des Prussiens qui le faisaient bondir,

Tandis qu'en se voilant des plus lugubres laines,
Les fontaines pleuraient comme des Madelaines!
J'ai vu ce noir spectacle, où des gamins français
Chantaient la Marseillaise au nez des Prussiens frais,
Qui, plusieurs fois, lancés sur leurs farces en fêtes,
Faillirent dans leurs flancs planter leurs baïonnettes.
Je dois dire pourtant que les Prussiens sereins
Sauvèrent une femme en pâture aux gamins,
Ce qui me consola, me prouvant que sur terre
L'humanité ne perd jamais ses droits de mère,
Surtout quand il s'agit de sauver pour l'Éden
Les femmes, à qui tout doit la vie et l'hymen!
Quand Bismark eut reçu les tristes signatures
de Thiers, que le chagrin fit trembler sans mesures,
Et de Favre, de qui les yeux pleins de douleurs
Versent l'encre dans qui trempe sa plume en pleurs,
Il dit que l'empereur Guillaume *Barbe-blanche*
Voulait que le traité, que l'or dore sur tranche,
Fût soudain consacré par des représentants
Du peuple, proclamés en votes éclatants!
A ces mots, acceptés, les contractants, sans roses,
Se quittèrent, l'un gai, les deux autres moroses.
Après d'affreux combats dans les clubs exaltés,
Le peuple rugissant nomme les députés,
Qui, dès le premier jour, d'une ardeur pétulante,
Consacrent le traité de la paix dégradante!
Après avoir pleuré sur le cadavre froid
De la France, clouée en un cercueil étroit,
Nos fiers représentants, conduits par Jules Favre,
Très-solennellement portèrent ce cadavre
Dans le plus effrayant et plus noir des tombeaux
Qu'ils creusèrent exprès sous les murs de Bordeaux,
Où, sur une croix rouge à qui la peur s'agrafe,

Les passants tout honteux lisent cette épitaphe :
Ci-gît la France en proie aux Prussiens furibonds,
Qui l'ont assassinée à grands coups de canons,
Et dont les députés français, noyés de larmes,
Ont fait l'enterrement au milieu des alarmes !!!
C'est ainsi qu'en perdant le plus vaste procès,
Les Français de la Gloire ont signé le décès ;
C'est ainsi qu'en buvant l'horreur la plus amère,
Les Français sont forcés d'ensevelir leur mère !
Les Français sont forcés d'être les fossoyeurs
De la France, livrée aux partis ravageurs.
Mais, j'ose le prédire et j'en ai l'assurance,
Les Français vont bientôt ressusciter la France.
O Français ! incarnés dans l'amour fraternel,
Faisons de tous les jours le saint jour de Noël ;
Incarnons-nous sans fin, dans le céleste Verbe,
Le Dieu qui s'incarna, pour sauver l'homme acerbe,
Dans le sein virginal de la reine des Cieux,
Qui veut avec son fils nous voir victorieux !
Étouffons sous nos pieds l'infernal athéisme
Politique, civil, qu'enfante l'égoïsme,
Qui perd et fait fuir Dieu plein d'un juste courroux.
Français, sauvons tous Dieu, Dieu nous sauvera tous !
Déjà du grand salut la divine heure sonne,
Déjà du Sinaï la foudre éclate et tonne ;
Sur sa tombe de honte embrassons-nous en chœur,
Nous ressusciterons la France et son honneur !
Pour rester immortels, portons les croix bénies :
Les christs ne meurent pas, car ils sont des Messies !

Au milieu des malheurs, des lamentations
Qui courbent les Français sous les afflictions,
Un soleil de bonheur vient chasser les nuages

Qui portaient dans leurs flancs les plus sanglants orages;
La paix a fait cesser les fatales terreurs
Que la guerre lançait à tout train de vapeurs !
Les sombres hôpitaux, les rouges ambulances,
Où malades, blessés, sont brisés de souffrances,
Ne sont plus exposés aux bombes, aux obus,
Dont l'ennemi faisait le plus mortel abus,
En fulminant exprès, dit-on, de projectiles
Les monuments sacrés des martyres fertiles.
La paix permit l'échange aussi des prisonniers,
Qui croyaient tous toucher à leurs moments derniers.
Les mères, les enfants, épouses, fiancées,
Dont les plus noirs chagrins torturaient les pensées,
Vont embrasser leurs fils, leurs pères, leurs époux,
Et goûter avec eux les bonheurs les plus doux !
Ainsi finit la guerre étrangère en scandales
Où l'âpre Guerriade a fait ses bacchanales,
Et qui semble broyer dans sa férocité
L'autel du *sens commun* et de l'humanité !...
O honte ! quand l'amour d'exister nous enivre,
La haine nous rend tous incapables de vivre !
Conduits par la folie au milieu des frissons,
Pour vivre, sottement nous nous suicidons !
Arrachons-nous enfin aux infernales griffes
De la guerre, qui prend les démons pour pontifes !
Disons à l'âpre haine, offrant des morts d'accès :
« Nous vivons dans l'amour, pour ne mourir jamais ! »
Français sauveurs, crions que dans le monde impie,
La haine, c'est la mort, et l'amour, c'est la vie !
J'ose le soutenir, comme le Dieu du ciel,
Si l'homme aimait toujours, il serait immortel !...

FIN DU SIXIÈME CHANT.

CHANT SEPTIÈME

ou

Le Chant de la Guerre civile, du Comité central, des Fédérés de la
Garde nationale, de la Commune, des Combats de Versailles et
de Paris.

Grand Dieu! guidez mon luth, impuissant à décrire
Les lugubres sabbats des crimes en délire
Qui dépassent encor, par l'excès de l'horreur,
Le fier *Quatre-vingt-treize*, enfant de la Terreur,
Qui faisait tout tomber sous ses lois assassines
Et sur les échafauds armés de guillotines!
Le démon de la guerre étrangère, qui rit
Des longs deuils de la paix, qui pleure et qui gémit,
A coupé, mutilé les deux bras et les jambes
De la France, livrée à tous les maux ingambes!
Pourtant la *Guerriade*, en transports furieux,
Croit n'avoir pas assez fait d'actes odieux!
La France avait encor son honneur et son âme,
Et son esprit, que perd une démence infâme :
A la France, jetée à l'Antechrist sans peur,
La *Guerriade rouge* arrache tout honneur,
Tout esprit et toute âme, et dans sa haine vile
Se fait, pour tout tuer, *Guerriade civile!*
Plus que jamais les clubs, qui se fondent partout,
Proclament à grands cris la *Commune* qui bout,
Proclament la terreur et l'athéisme traîtres,

Qui veut faire arrêter et tuer tous les prêtres!
Des fameux fédérés le *Comité central*
Annonce avec transport l'*Antechrist communal!*
Il s'empare soudain des canons de Montmartre,
Qui plane sur Paris, plein d'une affreuse dartre,
Et d'où, de temps en temps, l'oreille entend tonner
Les monstres intestins qui font tout frissonner!
Les généraux Lecomte et Thomas, que consacre
La gloire des combats, sont livrés au massacre
Comme des malfaiteurs que l'on fait fusiller
Et qu'on insulte après dans le plus vil charnier!
Le Comité s'installe à la place Vendôme
Et traite le pouvoir comme un petit atome!
Le vaillant amiral Saisset voulut un jour
Parlementer, parler de la paix, de l'amour!...
A grands coups de canons les rouges le reçurent.
Saisset, la paix, l'amour, à l'instant disparurent!
Des ardents fédérés les rouges bataillons
Ont franchi de la mort tous les grands Rubicons!
Nos vaillants gouvernants prennent soudain la fuite,
Et laissent tristement Paris sous la conduite
Des émeutiers charmés, qui, maîtres du terrain,
Étendirent partout leur pouvoir souverain!
Enfin, lé *dix-huit mars* se fonde la *Commune*,
Qui de nos gouvernants renverse la fortune,
Et prétend diriger les rênes de l'État
En faisant dominer son grand *pluris-virat!*
La *Commune* en travail trône à l'Hôtel de ville,
Où la fête Paris plein d'une ardeur fébrile,
Quand à Versailles fier les *quatre-septembreurs*
Charment les habitants et les restaurateurs!
La *Commune* rougie étale ses écharpes
Aux sons mélodieux des lyres et des harpes!

Dans les journaux divers ses décrets promulgués,
Aux ministères fiers nomment des délégués !
La *Commune* soudain dresse des barricades,
Nomme des généraux et fait des cavalcades.
La *Commune* avec art s'empare des palais
Où Sa Majesté danse et fait de doux banquets.
Le drapeau rouge flotte au sommet des églises,
Que l'on transforme en clubs pleins de démences grises,
Après avoir, hélas ! souvent fait arrêter
Les prêtres des saints lieux qu'on allait dévaster !
Mais surtout la *Commune* aspire aux funérailles
Des *quatre-septembreurs*, dits *Prussiens de Versailles !*
Un jour, un jour maudit, commencent les combats
Où les frères haineux s'offrent tous le trépas,
Malgré les francs-maçons, qui, comme des apôtres,
Tout prêts à s'immoler pour le salut des autres,
Entre les combattants arborent leurs drapeaux,
Dont l'éclat du soleil éclipsait les flambeaux,
Et de qui cependant les balles fratricides
Osèrent transpercer les arcs-en-ciel splendides !
Quand les chefs du pouvoir la somment de céder
Les armes de combat qu'elle veut posséder,
La *Commune* soudain, faisant parler la poudre,
Répond par le canon qui lui lance la foudre !
En vain plusieurs projets réconciliateurs
Par moi sont présentés aux partis ravageurs,
La *Commune* prétend annuler l'*Assemblée
Nationale*, qui, se croyant annulée,
Fait parler à son tour les lugubres canons,
Qui rugissent d'horreur, de honte et de frissons,.
Devant d'affreux combats qui jettert dans les fosses
La France toute en proie aux infernales noces !
Les Français acharnés, ainsi que d'affreux loups,

Se frappent jour et nuit de parricides coups.
Le *Comité central de l'union des femmes*,
Que du grand soleil rouge illuminent les flammes,
Dit que pour le salut du peuple à couronner,
Il ne faut pas se rendre et tout exterminer!
Pendant que la *Commune* et son Comité sombre
Dit de *salut public* se disputent dans l'ombre,
Les fédérés, conduits par le fier général
Dombrowski, Polonais plein d'élan triomphal,
Font successivement, assaillis sans mystère
Et souvent assaillants, les noirs combats d'Asnières,
De Colombes, Montrouge et du sanglant Neuilly,
Des forts Vanves, d'Issy, Montrouge, ensevelis!
Dans ces divers combats se sont faits d'affreux actes
Qui font bondir d'horreur tous les crimes compactes!
Des deux côtés, sans crainte, on noyait, on brûlait
Ceux qu'avaient épargés la balle et le boulet.
O spectacle navrant pour l'épouse et la mère!
J'ai su qu'un fils, à qui la fatale misère
Plus que l'opinion fit prendre le fusil,
Avait tué son père à Neuilly, sur le gril,
Pendant l'obscurité de la nuit de tempête
Qui faisait un volcan haineux de chaque tête!
J'ai su que ce fils, fou, s'était suicidé,
Reconnaissant son père en son sang inondé!
Honteux, désespéré de voir des Français frères
Se livrer aux démons de toutes les colères,
En me jetant soudain entre les combattants,
Je fis tonner ce chant plein d'amours éclatants :

FIN DU SEPTIÈME CHANT.

CHANT HUITIÈME

OU

Le Chant de la Fraternelle de salut, de la Bataille des jeunes filles
avec leurs maîtresses laïques, etc.

MARSEILLAISE DE LA FRATERNITÉ.

Ode-cantate, composée sur les airs de nos chants nationaux, déclamée
et chantée par M. Gagne entre les combattants de Paris et de Versailles.

I

Air de la *Marseillaise.*

Peuple français que tout contemple
Comme l'astre éclatant des cieux,
De qui l'univers est le temple
Qu'il remplit d'éclairs merveilleux, (*bis*)
Pour sauver la France et le monde,
Dans le présent et l'avenir,
Peuple-soleil, fais resplendir
La fraternité qui féconde.

Réveil ou refrain.

Inspirés par la gloire et par l'humanité,
Soyons (*bis*) tous les héros de la fraternité !

II

Air du *Chant du Départ.*

La fraternité sainte est l'auguste déesse
Qui doit enflammer nos ardeurs

Et faire retentir en concerts d'allégresse
    L'orgue des âmes et des cœurs,
    Dans son rayonnement sublime
    Brille l'astre de l'Unité,
    Que l'égalité magnanime
    Célèbre avec la liberté!

Réveil ou refrain.

Peuples, chantons la *Fraternelle*,
    Qui nous demande un prompt tribut,
    Et qui de la France en querelle
    Est la seule arche de salut!

III

Air de la *Parisienne*.

Assez! l'hydre de l'anarchie,
    Qu'excitent toutes les fureurs,
    Broya le sein de la patrie
    A coups de canons destructeurs;
    Entendez-vous les cris funèbres
    De la France au fond des ténèbres!
Dissipons ses nuits par les plus beaux jours,
Faisons soudain briller en fraternels amours
    Ses triomphes célèbres! (*bis*)

IV

Air des *Girondins*.

Formons le drapeau d'alliance
    Par les couleurs de l'arc-en-ciel,
    Proclamons l'amnistie immense
    Et le pardon universel!

Réveil ou refrain.

Sous l'arc-en-ciel de vie, (*bis*)
Il faut que le pardon proclame l'amnistie!   (*bis*)

V

Air de la *Marseillaise*.

Hommes, femmes, que l'amour guide,
Ouvrons toujours les saints Congrès
De la fraternité splendide,
La guerre n'entrera *jamais!*
Proclamons tous la *République*
Plébiscitaire en purs rayons;
Imposons silence aux canons
Par la voix du peuple héroïque!

Réveil ou refrain.

De la fraternité, soldats victorieux,
Soyons tous, s'il le faut, les martyrs glorieux!

VI

Air de la *Marseillaise*.

Amis, levons-nous tous sur l'heure,
En *volontaires de la mort*;
De la fraternité, qui pleure,
Sauvons les fils, qu'arme le sort!
Jetons-nous entre les colères,
Crions sur les canons confus :
« Français, vous ne vous battrez plus,
Vous vous embrasserez en frères. »

Réveil-refrain.

Marchons, courons, volons, par nos amours bénis
Forçons à s'embrasser Versailles et Paris!

Étonnés, subjugués par mes élans suprêmes
Et par mon chant, tonnant plus que les canons mêmes,
Les frères ennemis cessent leurs feux mortels,
S'approchent pour s'offrir les baisers fraternels.
A ce moment joyeux de concorde et de fête,
Un sinistre boulet vient effleurer ma tête,
Et sans me la briser me donne un vif transport
Que je pris un instant pour un signe de mort.
Je tombe!... cependant je puis chanter encore,
Mais ma voix qui faiblit devient si peu sonore
Que nul ne l'entend plus!... Aussitôt les canons
Redoublent sous mes yeux leurs éclats furibonds,
Et, loin de se donner le baiser de la vie,
Ces sombres combattants s'offrent la mort impie!
A l'aspect infernal du trépas foudroyant,
Je me dresse en sursaut comme un spectre effrayant,
Dans l'espoir d'arrêter la rage fratricide
Qui fait en même temps le plus vil *francicide!*
Je tends mes bras crispés, je jette de grands cris,
Qui semblent terrasser les deux camps ennemis;
Je m'élance!... j'éteins les mèches allumées
Des canons vomissant les bombes enflammées! ..
Enfin, tout épuisé, sanglant, devenu fou,
Comme un coursier qui vole au hasard, sans licou,

Je vais tomber mourant sur une mitrailleuse
Qui lançait à pleins bords la mitraille haineuse,
Et qui, par un effet sacré, miraculeux,
Se renversa devant mon spectre courageux,
Et parut respecter la Majesté divine,
Qui, sans doute, inspirait l'amour où Dieu domine !
De nouveau me frappa le courroux écumant
Qui me fit mille fois mourir dans un moment,
Car, croyant m'achever en me couchant en joue,
Un bandit qui fit feu me jeta dans la boue,
D'où vint me retirer un héroïque enfant,
Qui conserve en mon cœur un autel triomphant !
Rien ne peut arrêter la *Commune* qui tonne,
Et qui, pour se venger, renverse la Colonne,
Dans l'espoir d'écraser, par ce renversement,
Versailles, où Paris vole héroïquement !
Ainsi donc, détruisant tous leurs grands Capitoles
Et chassant de leurs fronts toutes les auréoles,
Les Français nous font plus de mal que les Prussiens;
Ils renversent l'honneur sur les rocs tarpéiens !
J'appris avec bonheur que plusieurs nobles femmes,
Dont l'amour fait briller les plus célestes flammes,
Et qui, dans l'âpre guerre avec les Allemands,
Ont montré des hauts faits pleins de rayonnements,
Entre les combattants s'étaient aussi jetées,
Dans l'espoir d'arrêter les fureurs exaltées;
Mais rien ne put dompter, dans leur choc rugissant,
Les partis, contre qui Dieu même est impuissant !
Pendant que se livraient les batailles farouches
Où l'égalité fait ses sociales couches
En jetant les partis dans les mêmes tombeaux
Que creusent à l'envi les boulets sépulcraux,
La Commune opérait de nombreuses réformes

Dans les divers objets qui lui semblaient difformes,
Surtout quand ils avaient un fond religieux,
Ce qui, pour elle, était un forfait odieux!
La Commune, trouvant la croyance coupable,
Voulait supprimer Dieu, le saint *insupprimable*,
Dont le sombre athéisme, avec tous ses excès,
Atteste l'existence avec de pleins succès.
J'ose ici l'affirmer, par sa rage stupide,
L'athéisme m'a fait croyant le plus splendide;
En voulant le nier quand il voit sa grandeur,
L'athéisme est de Dieu le grand *conservateur!*
La Commune, pour mieux chasser Dieu du prétoire,
Rend toute instruction laïque obligatoire,
Et prend pour grand esprit l'imbécile néant,
Où l'homme dormira sans fin, en fainéant!
Pour ses instituteurs et ses institutrices,
Elle adopte les fils et les filles des vices!
Son fameux catéchisme est le livre des droits
De l'homme-citoyen qui de Dieu fuit les lois!
Sa prière d'éclat, c'est l'ample *Marseillaise*,
Qui fait de tous les cœurs sa brûlante fournaise!
Malgré tous ses détours tendres ou menaçants,
L'athéisme n'eut point de triomphes puissants.
Écoutez le récit plein de saintes prouesses
D'une bataille faite aux laïques maîtresses
Par des enfants du sexe appelé faible, à tort,
Car il fait voir souvent qu'il est le sexe fort.
Dans un asile saint formé de jeunes filles
Qui faisaient l'ornement de leurs dignes familles,
On avait fait venir des femmes de bazars
Très-expertes en tout pour enseigner les fards.
Ces maîtresses, un jour, voulaient que leurs élèves,
Dont de tout athéisme elles berçaient les rêves,

Entonnassent gaiement la *Marseillaise* en chœur,
Au lieu de leur prière adressée au Seigneur!
Elles leur ordonnaient, sous des peines sévères,
De se mettre à genoux au refrain des colères;
Mais, bien loin d'obéir à ces ordres haineux,
De se mettre à genoux sur le refrain fameux,
Les élèves soudain se levèrent en masse
Et crièrent d'un ton plein de la sainte grâce :
« Non, nous voulons nos sœurs! non, nous voulons nos sœurs!
Non, nous voulons de Dieu célébrer les grandeurs! »
Les maîtresses soudain se lancèrent sur elles,
Afin de châtier les petites rebelles,
Bien loin de s'effrayer, les sublimes enfants
Firent vibrer pour Dieu leurs amours triomphants,
Et, prenant fièrement, toutes, leurs écritoires,
Les lancèrent aux fronts de leurs maîtresses noires,
Qui, pl ines de frayeur et les yeux aveuglés,
Sortirent au milieu de gamins rassemblés,
Qui, croyant voir sortir de farouches négresses,
Pour bien les consoler de leurs tristes détresses,
Les poursuivent avec des sarcasmes de fous
Et les font succomber sous les trognons de choux!
Voilà par quels moyens d'éclatante justice
Dieu punit l'athéisme et le livre au supplice!
Converti par ces coups de tonnerre et de feu,
Pauvre *peuple-démon*, deviens le *peuple-Dieu!*
Ne sois plus mécréant, quand, pour se faire entendre,
Dieu parle par la voix de l'enfant le plus tendre!

FIN DU HUITIÈME CHANT.

CHANT NEUVIÈME

ou

Le Chant de l'arrestation des Otages, du Dévouement auprès de
l'Archevêque, de la Profanation des Églises, du Miracle de con-
version d'un athée à Notre-Dame-des-Victoires, de la Guerre civile
dans Paris, etc.

Honteux, désespérés d'être souvent battus
Par les Versaillais, qui les tiennent abattus,
Les rouges *communaux* arrêtent comme otages
L'archevêque et plusieurs prêtres et personnages,
Parmi lesquels étaient les Deguerry, Bonjean
Qui fut pour l'archevêque un glorieux saint Jean,
Et qui sut, comme tous les christs de la Roquette,
Porter la croix du Christ qui couronne leur tête.
Ils les font enfermer dans des cachots hideux,
Où l'on fera subir aux martyrs glorieux
La faim, la soif, le froid et toutes les tortures
Que peuvent inventer les vengeances impures
Qui mettent leur bonheur dans les sanglants tourments
Des flagellations et des crucifiements!
Vainement l'archevêque, en proie au saint martyre,
Disait souvent : « J'ai faim ! » aux bourreaux en délire;
Au lieu de compatir à ses afflictions,
On doublait les tourments et les privations!
Une fois, cependant, on vit un pauvre athée,
Dont l'archevêque avait touché l'âme exaltée,
Prodiguer tous les soins au vertueux prélat,

Qui pour lit n'avait pas même un petit grabat,
Car il était couché sur une paille humide
Qui pénétrait son corps, d'une maigreur livide!
Le pauvre mécréant bien souvent se privait
Du nécessaire pour le prélat qui priait!
Un jour, complétement submergé par la grâce
De Dieu, qu'en l'archevêque il crut voir face à face,
Le mécréant tomba, sans peur, à deux genoux
Aux pieds du saint prélat, qui, de l'air le plus doux,
Le pressa dans ses bras ainsi qu'un tendre père
Qui voit un fils pleurant sur sa triste misère!
Le *mécréant-croyant* confessa ses péchés,
Qui dévoraient son âme et son corps desséchés,
Et puis, se relevant avec la foi vivante
Qui transporte toujours une âme repentante,
Il dit au saint martyr, plein de ravissements :
« O mon père, daignez prendre mes vêtements
Et permettez qu'ici je revête les vôtres,
Qui me rendront semblable au plus grand des apôtres
Pendant que j'attendrai le trépas, s'il le faut,
Dans les crucifiements qu'offre ce noir cachot,
Fuyez, digne prélat, quittez les noirs calvaires
Que ne méritent pas vos vertus exemplaires,
Tandis que j'ai besoin des tourments mérités
Pour expier sans fin mes crimes détestés!... »
Plein d'admiration pour cet homme sublime
Qui montre la grandeur d'un chrétien magnanime,
Le *prélat-christ* lui donne un baiser enflammé,
Le presse sur son cœur comme un fils bien-aimé,
Mais lui dit saintement : « Je me croirais coupable
Si j'osais accepter votre offre charitable :
Le vrai pasteur de Dieu meurt pour son doux troupeau,
Afin de l'arracher au plus mortel tombeau,

Mais ne doit pas souffrir que le troupeau s'immole
Pour le pasteur fervent que l'amour saint console ! »
Le pontife, à l'instant, voyant vers lui venir
Un féroce gardien qui le faisait souffrir,
Force le converti, qui pleure de tendresse,
A s'éloigner pour fuir la mort la plus traîtresse !
Le nouveau converti, plein d'élans résolus,
S'éloigne du prélat qu'il ne reverra plus !
Au moment du départ, le chrétien s'agenouille
Aux pieds du *prélat-christ*, qui de larmes le mouille
Et lui donne ardemment sa bénédiction,
Qui rend le converti fort comme le lion !
Le fier nouveau saint Paul, dont nulle ardeur n'égale
L'héroïsme sacré que partout il étale,
S'immola jusqu'au bout pour le grand prélat-christ
Que ne purent fléchir les haines d'Antechrist ;
Il se fit fusiller en prenant la défense
Du martyr, qu'il couvrit de sa sainte vaillance
En criant aux bourreaux contre lui soulevés
Et que son saint courage a peut-être sauvés :
« O fous, quand vous vivez pour mourir dans l'abîme,
Dans l'enfer qu'aujourd'hui vous ouvre votre crime,
En défendant sans peur les christs victorieux,
Nouveau saint Paul je meurs pour vivre dans les cieux ! »

Non satisfaits d'avoir arrêté les saints prêtres,
Qu'ils devaient immoler à leurs colères traîtres,
Les hommes pervertis envahirent sans peur
Plusieurs temples sacrés de Paris en stupeur.
J'ai vu, terrifié par un fait sans exemple,
Envahir, profaner le magnifique temple
De *Notre-Dame-des-Victoires* de Paris,
Dont l'*Archiconfrérie* a fait un paradis

En abritant partout sous ses divines ailes
Plus de vingt millions de glorieux fidèles
Qui sont prêts à mourir pour défendre les lois
Dont *Desgenettes* fier a consacré les droits.
L'athéisme, fouillant les caveaux, en arrache
Les ossements des saints que la piété cache !
Il étale aux regards les débris de vieux os
Comme jeunes débris de vierges en lambeaux !
Il veut faire passer pour femmes violées
Quelques vierges de cire artistement voilées,
Et qu'on a soin d'orner de cheveux et d'apprêts
Pour transformer la cire en chair pleine d'attraits !

LE MIRACLE DE LA CONVERSION D'UN ATHÉE

A NOTRE-DAME-DES-VICTOIRES.

Premier réveil.

Mécréants qui donnez un infernal spectacle,
En voyant éclater le plus divin miracle,
Inspirez-vous soudain d'un invincible feu
Et tombez aux genoux de la Vierge et de Dieu !

Perverti tristement par un malheureux père
Qui niait le grand Dieu pour qui mourut sa mère,
Un pauvre athée, âgé de vingt ans de douleur,
Traînait son existence au milieu du malheur
Qui poursuit constamment le fatal athéisme
Que de l'affreux néant créa le fanatisme.
Malgré les doux conseils que lui donna toujours
Sa mère, qu'inspiraient de célestes amours,

Son incrédule enfant, plein de scélératesse,
Fit des impiétés d'une sanglante ivresse.
Quand la rouge Commune étala des forfaits
Dont frémiront sans fin les siècles stupéfaits,
Le jeune mécréant fit des actes atroces,
Dont bondiraient d'horreur les loups les plus féroces.
Il osa le premier se ruer en Judas
A *Notre-Dame-des-Victoires* sans combats ;
Il creusa le premier tous les tombeaux célèbres,
D'où la haine arrachait les ossements funèbres.
Afin de se souiller par l'acte le plus noir
Que puisse désirer l'athée au désespoir,
Le mécréant voulait renverser la statue
De la Vierge et briser son image abattue !
Il voulait fusiller la Mère du Sauveur
Sur l'autel qui lui sert de trône protecteur !
Dans ce but, il chargea son fusil d'une balle
Qui devait assouvir sa démence infernale ;
Il dirige déjà son fusil odieux
Sur le visage saint de la Reine des cieux,
Son doigt touche déjà la fatale détente
Qui lance le briquet sur la poudre éclatante...
O Miracle, soudain sa mère toute en pleurs
Se met devant son arme où grondent les fureurs
Et crie : « Avant de faire un noir *virginicide*,
O fils pervers, commets le plus vil parricide !
Oui, fusille ta mère et damne pour jamais
Ton âme, que je veux sauver par mes bienfaits ! »
A l'aspect de sa mère échappée à la tombe,
Tout foudroyé, l'athée à la renverse tombe,
Puis se jette à genoux, implore les pardons
De la Vierge et de Dieu remplis de tous les dons !
Subjugué, tout à coup, par la grâce divine

De Notre-Dame-des-Victoires qui domine,
Le plus fier athée est le plus fervent croyant,
Et brave du trépas le péril foudroyant !

Deuxième réveil.

Mécréants qui donnez de désolants spectacles,
En voyant éclater le plus grand des miracles,
Inspirez-vous soudain du plus céleste feu
Et tombez à genoux devant la Vierge et Dieu !

Converti sans retour, l'homme qui plein de rage
Blasphémait et voulait tout livrer au carnage,
Prie, adore, et se jette, avec un saint transport,
Entre ses frères prêts à lui donner la mort
S'il ose s'opposer à leur sombre furie
Qui veut tout immoler dans l'église bénie.
Le nouveau converti brave tous les trépas
Que d'autres mécréants font rugir sur ses pas ;
Il se jette devant l'autel saint de la Vierge,
Qui de force, d'élan et d'éclat le submerge,
En criant : Non, non, rien ne broiera, dans ce jour,
La statue et l'autel de la Vierge d'amour,
Devant qui nous devons tous incliner nos têtes,
Que les impiétés remplissent de tempêtes ! »
Foudroyés par l'élan de ce nouveau géant
Qui seul terrassait tous ses frères au néant,
Les mécréants, vaincus, jettèrent bas leurs armes,
Leurs yeux levés au ciel se remplirent de larmes,
Et, faisant retentir le chant de l'union
Qu'ils entonnaient le jour de la communion,
Ils s'inclinèrent tous devant la Vierge Sainte
Qui chassa de leur cœur le blasphème et la crainte,
Leur fit sauver l'autel et son saint monument

Qu'ils voulaient renverser dans l'abîme fumant,
Et qui, par un miracle, en rédemptrices flammes
Éclairant tout à coup leurs ténébreuses âmes,
Fit de nouveaux saints Pauls et de saints Augustins
Des blasphémateurs, pleins soudain de feux divins !

Troisième réveil.

Mécréants qui donnez de désolants spectacles,
En voyant éclater les plus puissants miracles,
Inspirez-vous soudain du plus céleste feu
Et tombez à genoux devant la Vierge et Dieu !

Le dimanche vingt mai, plein de riantes vues,
Les fédérés chantaient et passaient des revues !
Rien ne semble annoncer les tempêtes de sang
Qui bientôt vont gronder sur Paris frémissant.
Tout à coup le bruit court que les Versaillais entrent
Et qu'autour de Paris les troupes se concentrent.
La Commune s'assemble et ses fiers canonniers
Lancent au grand galop les canons meurtriers ;
Les pavés étonnés forment des barricades
Au bout de chaque rue, où sont des escouades
Qui forcent les passants à poser les pavés
Aux barricades, qui font des forts élevés !
Chacun entend crier par les rouges escortes :
« Fermez tous vos volets, fermez toutes vos portes,
Éteignez les flambeaux dans vos appartements,
Et ne donnez jamais de signaux alarmants ! »
La fusillade éclate et le canon résonne ;
L'enfer s'ouvre partout dans Paris qui frissonne
Au milieu des éclats des lugubres tocsins !..
Ah ! je me sens brisé par les coups assassins !

FIN DU NEUVIÈME CHANT.

CHANT DIXIÈME

ou

Le Chant de l'Enfer de Paris pendant sept jours, Lamentations, etc.

Fuyez, spectres sanglants des plus noirs cataclysmes
Qui puissent des esprits broyer les héroïsmes ;
Laissez à mes élans sombres et désolés
Le courage de peindre en vers tout pétrolés
Les lugubres horreurs de la guerre civile
Qui fit du fier Paris l'enfer le plus servile !
Non, non, jamais Paris, plein de flamme et de fer,
N'avait mieux présenté l'image de l'enfer !
Les châtiments brûlants de Gomorrhe et Sodome,
Les désastres fameux de Babylone et Rome,
Même le siége affreux et les bombardements
Que nous ont fait subir les vainqueurs allemands,
N'étaient rien devant ceux de Paris en tourmente
Qui traîne des malheurs la cohorte écumante,
Et que dans le présent, dont tremble l'avenir,
Le déluge de feu menace d'engloutir !
O Paris, que le monde admirait comme l'astre
De toutes les splendeurs, en proie au noir désastre,
Qu'as-tu fait de tes beaux et riches ornements
Tout couverts de rubis, d'or et de diamants ?
Qu'as-tu fais du pompeux et brillant diadème
Que sur ton front puissant avait posé Dieu même ?
Hélas ! je ne vois plus que des crêpes de deuil
Que la fatale mort jette sur ton cercueil !...

On eût dit qu'à l'envi tous les démons en foule
Se disputaient Paris qui dans l'abîme roule !
Mitrailleuses, fusils, tonitruants canons,
Bombardent, sans répit, les murs pleins de frissons ;
Les tocsins font rouler l'alarme sur les cloches,
Qui des plus noirs trépas annoncent les approches,
Au milieu des terreurs de tous les habitants
Qui courent éperdus dans les feux palpitants !
Après sept jours et nuits de combats, de batailles
Qui transforment Paris en champ de funérailles,
Les rouges fédérés sont enfin écrasés
Par les fiers Versaillais, qui sont électrisés
Par leurs illustres chefs, parmi lesquels on cite
Mac-Mahon, de Cissey, que l'éclat du mérite
Fit nommer promptement ministre glorieux
De la guerre, opérant des progrès merveilleux ;
Les grands Douay, Clinchant, et Ladmirault, le brave
Qui dompta tout Montmartre en fulminante lave,
Et qui, pour juste prix de sa haute valeur,
De Paris flamboyant fut nommé gouverneur !..
Les *Vengeurs de Flourens*, dont par un coup de sabre
Un Versaillais fendit la tête qu'il délabre,
Étalent vainement un courage éclatant,
Dont l'esprit de Flourens dut se montrer content.
Partout les insurgés, qu'activent Delescluze
Et Rigault, fusillés par le pouvoir sans ruse,
Sont repoussés, chassés, mitraillés, foudroyés.
Ils sont forcés d'aller, affamés et broyés,
Livrer avec horreur leur bataille dernière
Au sein des monuments du plus grand cimetière,
Du noir *Père-Lachaise*, où, tout épouvantés,
Les morts se sont dressés sur leurs tombeaux heurtés,
En criant de la voix la plus retentissante ·

Aux insurgés frappés d'une terreur sanglante :
« Retirez-vous, maudits, laissez dormir les morts
Que vous assassinez sans pudeur ni remords !
Retirez-vous, maudits, c'est assez pour vos rages.
De vous suicider dans les plus vils carnages,
Ne faites pas mourir mille fois sous vos feux
Les morts parmi lesquels vous avez des aïeux,
Des femmes, des enfants, des pères et des mères
Qu'au fond de leurs tombeaux égorgent vos colères !
Retirez-vous !.. Mais non, tombez tous à genoux
Et faites de la paix le traité le plus doux !
Loin de maudire, alors, dans l'amour qui déborde
Les morts béniront tous les vivants en concorde !
A genoux !. C'est trop tard pour le salut des corps,
Il est temps de sauver vos âmes en transports ! »
La malédiction des morts, soudain suivie
De bénédictions de concorde et de vie,
Convertit quelqu'athée au moment de mourir,
Mais le grand nombre, hélas ! mourut sans repentir !
Quels lugubres tableaux s'offrent aux yeux en larmes
De la foule accourue au milieu des alarmes !
Partout se sont joués des drames effrayants
Sous les coups forcenés des canons foudroyants.
Ici, pleines de sang, croulent des barricades
Qui sont des insurgés les rouges embuscades
Dont s'emparent bientôt, après d'affreux combats,
Les héros Versaillais qui bravent le trépas ;
Là, gisent entassés les cadavres livides
Qu'ont broyés les boulets, les balles fratricides ;
Plus loin, brûlent au sein de fracas infernaux
Les plus grands monuments de Paris en lambeaux !
L'œil troublé voit en proie aux rouges incendies
Les fiers Palais-Royal, Finances, Tuileries,

5

Les palais de Justice et du Conseil d'État,
L'Arsenal, le Grenier d'abondance en sabbat,
Le rouge Hôtel de ville, où la Commune folle
Entassait nuit et jour la poudre et le pétrole
Qui devaient tout brûler et tout faire sauter
Dans Paris, où Satan veut toujours habiter !
A la Roquette, on voit les Judas les plus traîtres
Fusiller l'archevêque et plusieurs dignes prêtres,
Qui demandent pour tous le saint pardon de Dieu
Que voudrait fusiller le *satanisme* en feu !
Dans la sombre Roquette il se fit des miracles,
Quand un prêtre disait, comme aux saints tabernacles,
Le *Benedicat vos omnipotens Deus,*
Pater, et Filius, et Spiritus sanctus,
Et transportait ainsi jusqu'aux cieux les courages
De plusieurs prisonniers échappés aux carnages
Grâce à leur foi vivante et l'élan le plus beau
D'un vaillant brigadier caché dans un tonneau
D'où, disait un vicaire, en ardeurs les plus fortes,
Il bondissait soudain, afin d'ouvrir les portes !
Partout, pendant, après les combats destructeurs
Dont l'âpre *Guerriade* active les horreurs,
S'offrent aux yeux en pleurs des attentats néfastes
Dont la postérité flétrira les vils fastes ;
Partout s'étale, enfin, en consternations,
La désolation des désolations !
Ce qui console un peu des attentats sinistres
Dont des hommes pervers se sont faits les ministres,
C'est de penser qu'on vit les plus hauts dévouements
Dominer, resplendir sur les débris fumants ;
C'est de penser qu'on vit une sublime femme,
Dont l'esprit fait briller tous les *prismes de l'âme,*
Terrasser, par l'éclat du geste et du regard,

Des fous qui prétendaient tout broyer sans retard !...
Gloire, hommage éternel à la femme héroïque
Qui nous sauve en domptant la rage *pétrolique*,
Avec la majesté qu'aux plus néfastes jours
Dieu donne aux cœurs trempés dans ses divins amours !
O femmes, chez qui Dieu lui-même se contemple,
Quand vous ouvrez les cieux par un céleste exemple,
O femmes, dont l'amour doit sans fin tout unir,
Soyez les Jeanne d'Arc du tonnant avenir !
Afin de prévenir le retour des déluges
De feu, de sang, de mort, sans pitié ni refuges,
Ouvrons le saint *Congrès de la Fraternité*,
Proclamons en tous lieux la céleste *Unité !*
Étouffons les partis, de qui les haines fauves
Font dresser les cheveux sur les fronts les plus chauves !
Dans les banquets sacrés, fraternels et sauveurs,
Faisons vibrer sans fin le grand orgue des cœurs !
Isolés sous les coups des fureurs assassines,
Nous sommes écrasés par le bloc des ruines ;
Il faut nous réunir dans le gouffre béant,
Il faut ne plus former qu'un seul être géant !
Alors, plus forts qu'Atlas, sur nos fortes épaules
Nous pourrons des malheurs soutenir tous les pôles
Nous pourrons secouer les débris étouffants
Et dominer ainsi que des dieux triomphants !
Alors, dans le banquet des âmes immortelles,
Nous devrons tous crier de nos voix fraternelles :
« Grâce ! amnistie au nom de la patrie en pleurs
Qui veut combler ses fils de pardons rédempteurs !
Grâce ! amnistie au nom des pères et des mères,
Des enfants, des vieillards écrasés de misères !
Grâce ! amnistie au nom du Christ-Dieu de la croix
Qui daigna pardonner à ses bourreaux sans lois !

Lançons dès *aujourd'hui* les amours populaires ;
Demain retentira le : « Trop tard ! » des colères.
L'*avenir*, effrayé du passé, du présent,
Qui lui jettent le bloc du malheur écrasant ;
L'*avenir* dit d'agir sans perdre une minute.
Souvent une minute est un siècle en culbute,
Et permet de briser, pétroler et brûler
Colonnes, arcs, palais, et de tout immoler !
Si nous ne sortons pas des fours du provisoire,
Pires que tous les fours du sombre purgatoire,
Sous les coups du malheur le plus impératif,
Nous tomberons tous dans l'*enfer définitif !*
Dieux plus puissants que Dieu, dans moins d'une seconde
Improvisons soudain le plus céleste monde !
La France est morte au fond de l'abîme odieux,
Ressuscitons la France à la hauteur des cieux !
Pour opérer soudain les triomphants miracles
Qui placeront la France au plus haut des pinacles,
Dans la sainte Unité relevant ses débris,
De l'enfer de Paris faisons un paradis ! »
Lorsque tout répandait les larmes les plus tristes
Sur l'enfer de Paris plein d'horreurs anarchistes,
Et faisait retentir la lamentation
De Jérémie en proie aux malheurs de Sion,
La rouge *Guerriade*, infernale Caïne,
Dit en applaudissant à leur rage assassine :
« Français, la Guerriade est contente de vous !
Vous avez dépassé les Caïns les plus fous ;
Satan même vous fait ses glorieux éloges ;
Vous serez à l'enfer tous aux premières loges !
J'espère que, broyé par votre iniquité,
Dieu n'en a plus encor que pour... l'éternité !
La Guerriade veut être archimonarquesse

De la terre et des cieux en infernale ivresse ;
La Guerriade veut pouvoir dire avec foi :
L'univers tout entier et Dieu même, *c'est moi !*
L'athéisme a frappé de toute déchéance
Dieu, qui vous accablait de sa sombre vengeance !
En vous dévorant tous au milieu des noirceurs,
Vous vous montrez de vrais *philanthropophageurs,*
Ou les héros de la philanthropophagie,
Qui veut que tout se mange et meure pour la vie !
En faisant de Paris un *enfer-Panthéon,*
Français, vous vous montrez le vrai *peuple-démon !*
Vous ne voudrez jamais devenir, sans nul doute,
Le *peuple-Dieu,* sauveur du monde en banqueroute ! »
En entendant tonner ces blasphèmes d'apprêt
Sur elle, sur Paris et la France au gibet,
La philanthropophagie à toute embuscade
Se jeta fièrement sur l'âpre Guerriade,
La foula sous ses pieds, ainsi que saint Michel
Terrassa sous ses pieds le démon plein de fiel !
La philanthropophagie, auguste déesse
Des hommes dévorés entre eux avec tendresse,
Fit retentir ces mots, qui jettent au rebut
Tous les : *Qui te l'a dit ?* et tous les : *Qu'il mourût !*
« Apprends que quand la faim au déshonneur les livre,
Les peuples dans l'honneur doivent mourir pour vivre !
O Guerriade ! apprends que la France avec foi
Sera le *peuple-Dieu* qui donne à tous la loi !
Apprends que mon amour désire qu'on se mange
Pour la gloire de Dieu, que la croyance venge,
Et non pas pour Satan, que tu fais triompher
Pour nous déshonorer et pour nous étouffer !
Je voudrais avoir tous les hommes dans ma bouche
Et leur inoculer l'amour pur qui me touche ;

Tous en moi, les mortels seraient des *christs humains*
Qui du Christ rédempteur auraient les feux divins !
Guerriade, tu n'es que l'excès de la haine
Qui, par l'ardent canon, lance la mort en chaîne ;
La philanthropophagie est l'excès d'amour
Qui lance par la croix le salut plein de jour !
Je te foule à mes pieds et brise ta vengeance,
O Guerriade, qui veux dévorer la France
Et la faire sans fin éclipser, supprimer
Du rang des nations prêtes à l'opprimer,
Quand, par l'amour de la philanthropophagie,
A la France qui meurt je veux donner la vie ! »
La déesse, à ces mots, repétrit sans pardons
La Guerriade qui lui mordait les talons,
Et qui reçut enfin les châtiments terribles
Que méritent toujours tous les Judas horribles
Qui vendent à l'encan, pour la faire mourir,
La France, qui sera l'âme de l'avenir !
Voilà comment finit le drame sans exemple
De l'*enfer de Paris* que l'univers contemple.
Et qui croit qu'avec tous les démons en élan
Paris s'est fait le noir théâtre de Satan ! !
Couvrons de tous les deuils les scènes d'agonie
De Satory, du bagne et de Calédonie !...
Ah ! pour tuer la mort des partis infernaux,
Soyons républicains-impériaux-royaux ! ! !

FIN DU DIXIÈME CHANT.

CHANT ONZIÈME

ou

Le Chant de la Pantocratie, de la Constitution universelle de salut, de la Haine de la Guerriade, du *Pater*, du *Credo*, du Chant de Triomphe final, de la *outcratie*, de la Gunécratie, des Femmes de Salut, etc.

La scène se passe au PANTOCRATIUM, temple universel, place de la Concorde.

LA PANTOCRATIE, *déesse, mère du genre humain, toute couronnée de soleils, du haut d'un trône de dia-mants.*

Peuples, écoutez tous l'ample Pantocratie,
La déesse de tous, le *logos* de la vie.
La voix, l'âme, le cœur du monde sont en moi
Comme l'âme du ciel est dans le Dieu de foi !
La Pantocratie est la puissance idéale
De l'Unité bénie et toute virginale !
Le beau, le vrai, le bien en célestes réveils
Jaillissent de mon front couronné de soleils !
Jusqu'à ce temps fatal les nations diverses
Ont déchaîné partout les discordes perverses,
En voulant dominer par les lois, par les mœurs,
Et des faits différents pleins de sanglants malheurs
Qui firent éclater les guerres désastreuses
Et tous les noirs volcans des haines furieuses.
Si nous voulons chasser la guerre qui rugit
Et veut tout foudroyer par son courroux maudit,

Si nous voulons fonder la paix dominatrice,
Qui seule peut du monde être la rédemptrice,
Peuples, devenez tous *pantocrates* fervents,
Lancez de l'Unité les apôtres vivants,
Renversez sans retard les fatales frontières,
Devenez saintement un grand peuple de frères !
Proclamez avec foi les principes sacrés,
Les progrès rédempteurs par Dieu même inspirés,
Et qui peuvent former des jeux de toute espèce
Pour digne instruction de l'ardente jeunesse,
A qui l'on a toujours donné, dans tous les temps,
Des jeux pleins de dangers et de faits révoltants !
Oui, peuples, à la voix de la *pantocratie*,
Mère du genre humain, rempli de son génie,
En *constitution de gloire et de salut*,
Proclamez, pour guider l'arche au plus divin but :

1° Le *peuple universel*, que Dieu même préside
   Et fait par l'unité de la paix qui le guide !
2° La *républiqueïde-empire-royauté*,
   État définitif du monde racheté !
3° L'*archimonarque-président-soleil* unique,
   Qui conduit l'arche d'or du monde politique !
4° L'*archipontife* saint de la religion,
   Opérant de la foi la céleste union !
5° Le *temple universel*, dressé par Dieu le père,
   A qui tous les croyants font la même prière !
6° La *sainte instruction*, faisant le sacrement
   Politique et civil de tout gouvernement !
7° La *langue universelle* ou la *monopanglotte*,
   Faite par toute langue en qui même accord flotte !
8° Le *grand peuple-homme-femme*, ardent législateur,
   Qui supprime tout Corps législatif rongeur !

9° L'*oriflamme-arc-en-ciel*, grand étendard du monde,
 Et qui réunit tous les drapeaux qu'il féconde!
10° La *banque universelle*, arche du vrai salut
 Du monde économique, à qui tout doit tribut!
11° Le *mariage saint*, qui pend tout adultère
 Aux cordes de salut de la famille entière!
12° Le journal l'*Unité*, grand journal des journaux,
 Qui du *journaliscite* éclaire les flambeaux!
13° La *Gunécratie* ou la puissance héroïque
 De toute femme égale à l'homme politique!
14° Le *théâtre du monde* ou théâtre d'auteurs
 Qui *poétorent* tous leurs chefs-d'œuvre vainqueurs!
15° L'*universel congrès*, formé d'hommes d'élite,
 Qui font le Code unique où l'unité palpite!
16° Les *banquets fraternels*, où, plein de saints amours,
 Le grand orgue des cœurs retentira toujours!
17° La *céleste amnistie*, accordée avec âme
 A tous ceux qu'a frappés la politique infâme!
18° La *paix universelle* élevée au pavois
 Et réunissant tous les peuples et les rois!

Voilà, peuples, voilà les progrès invincibles
Qui fonderont sans fin, en dogmes infaillibles,
La *Constitution de salut éternel*
Qui fait du monde entier un peuple universel!
Afin de couronner des amours les plus vastes
La Constitution des plus immortels fastes,
Peuples, faisons tonner le *Pater*, le *Credo*,
Qui monteront aux cieux en divin *crescendo*
Et seront adressés seulement à Dieu père
Que reconnut toujours presque toute la terre,
Sans renoncer d'abord à la religion
Que proclame la loi de chaque nation!

5.

Fondons avec l'amour de nos âmes, sans craintes,
L'archireligion des religions saintes !
A genoux tous, je dis le *Credo*, le *Pater*,
Qui font ouvrir les cieux et refermer l'enfer !
Avec moi faites tous, en repoussant le doute,
La prière qui monte à Dieu qui nous écoute.

LE PATER DE LA PANTOCRATIE.

O grand Dieu tout-puissant qui régnez dans les cieux,
Nous vous glorifions en tous temps et tous lieux !
Que votre règne saint arrive sur le monde ;
Que votre volonté, pleine d'ardeur féconde,
Soit faite sur la terre ainsi qu'au ciel brillant !
Donnez-nous chaque jour le pain vivifiant,
Daignez nous pardonner nos offenses cruelles
Comme nous pardonnons nos offenseurs rebelles ;
Ne nous laissez jamais succomber aux désirs,
Délivrez-nous toujours des criminels plaisirs !
Pour chasser constamment les discordes maudites,
Mettez dans tous les cœurs votre amour sans limites ;
Réunissez les fils de *Sem*, *Cham* et *Japhet*,
Faites-nous tous asseoir au céleste banquet !
Dans un *sursum corda* plein d'ardeurs filiales,
Faites le chaste hymen des âmes virginales !
Inondez le présent des plus parfaits bonheurs,
Couronnez l'avenir de toutes les splendeurs !
Dieu, faites qu'en offrant votre grâce infinie,
La mort nous donne aux cieux une éternelle vie !

LE CREDO UNIVERSEL DE LA PANTOCRATIE.

Nous croyons tous à vous, ô grand Dieu tout-puissant .
Qui fîtes d'un seul mot l'univers florissant.
Nous croyons que vos lois, que nos ferveurs implorent,
Veulent que les mortels vous aiment, vous adorent,
Et qu'ils fassent vibrer dans des concerts sacrés
L'orgue de l'unité de leurs cœurs inspirés.
Nous croyons que chacun, dans son amour extrême,
Doit aimer son prochain souvent plus que lui-même.
Nous croyons, en chassant le néant que tout craint,
A l'immortalité des âmes, au feu saint!
Nous croyons tous en chœur aux récompenses justes
Du bien, qu'ont couronné toujours vos lois augustes,
Ainsi que nous croyons aux sombres châtiments
Du mal, qu'ont foudroyé tous vos commandements!
Couronnez, ô grand Dieu, de votre grâce immense
L'universel *Credo* dont l'amour vous encense!
O mortels qu'en ce jour l'amour pur fait lever,
Chantez tous le grand Dieu qui daigne nous sauver!
Sur le timbre éclatant de l'horloge des âmes,
Qui marque du salut les minutes de flammes,
En nous remplissant tous de sa divinité,
Dieu sonne pour toujours l'heure de l'unité!
Pour faire triompher dans la gloire éternelle
La Constitution la plus universelle,
O peuples, faites tous d'un accord ascendant
Le grand *mondus-consulte* ou plébiscite ardent,
Lancez le *fiat lux* du *oui* le plus sublime,
Le divin *oui*, c'est tout, c'est Dieu qui nous anime'
Oui, s'inspirant toujours du divin *sens commun*,
Les peuples et les rois veulent être tous·*un!*
La *ouicratie* en feu de la *Pantocratie*,

Tonnant plus que tous les tonnerres de génie,
Fit soulever soudain le monde dans les airs,
Comme un brillant soleil tout couronné d'éclairs !
De la création, pleine de doux spectacles !
La sainte *ouicratie* opéra les miracles.
Les peuples et les rois, d'un accord fraternel,
Firent soudain tonner ce chant universel :

LE CHANT DE TRIOMPHE UNIVERSEL DE LA PANTOCRATIE

A RÉVEILS.

I

Triomphante *Pantocratie*,
Qui sous l'arc-en-ciel d'harmonie
Unit les peuples et les rois
Qui proclament les mêmes lois,
Dans le *pantocratium*, temple
Du grand congrès universel
Où Dieu préside et te contemple,
Reçois notre hommage éternel !

Réveil en chœur universel :

O *Pantocratie*, ô déesse
De tous les peuples réunis,
Le monde entier avec ivresse
Te couronne d'amours bénis !

II

Pleins de ta voix qui les harangue
Dans une seule et sainte langue,

Les peuples brisent les Babels
Et fondent leurs canons mortels!
Sur les tréteaux de sang, avides
De la guerre et de ses forfaits,
Jusqu'aux cieux, pleins d'astres splendides,
Nous dressons l'autel de la paix!

Réveil :

O *Pantocratie*, ô déesse, etc.

III

Par toi, *Pantocratie* aimante,
Dans l'hymen sans nulle tourmente,
Au milieu de joyeux enfants,
Les époux seront triomphants!
Le glorieux *peuple-homme-femme*
Et la *Gunécratie* en chœur,
De leur victorieuse flamme
T'apportent le tribut vainqueur!

Réveil :

O *Pantocratie*, ô déesse, etc.

IV

Pantocratie, âme du monde,
Dans le saint amour qui t'inonde,
Comme un soleil plein d'un pur feu
Tu montres l'unité de Dieu!
Enfin, enfin, déesse sainte
Incarnée en l'humanité,

Qui s'incarne dans toi sans crainte,
Tu sauves tout par l'unité !

Réveil en chœur universel :

O *Pantocratie*, ô déesse
De tous les peuples réunis,
Le monde entier avec ivresse
Te couronne d'amours bénis !

Pleine d'une fureur du plus haut paroxysme,
En voyant proclamer le saint *unitéisme*
De la *Pantocratie* élevée au pavois
Par les peuples unis de cœur, d'âme et de voix,
La *Guerriade*, avec plusieurs hordes de diables
Transportés de courroux irréconciliables,
Se rua dans le sein du *pantocratium*,
Qui déjà préparait le plus saint *Te Deum !*
Le monstre, tout en proie à l'excès de furie,
Se jeta hardiment sur la *Pantocratie*,
En faisant éclater comme d'affreux pétards
Les bombes que son corps lançait de toutes parts !
La *Guerriade* en feu tua d'un coup de pierre
Napoléon Trois, qui maudissait la mégère
Dont la rage l'avait renversé, détrôné,
Et lancé dans l'exil le front découronné !
Il fallut, pour sauver la sublime existence
De la *Pantocratie* et de sa suite immense,
Il fallut invoquer le grand Dieu tout-puissant,
Qui seul peut accorder un triomphe incessant !
Alors, après plusieurs luttes surnaturelles
Des hommes, des démons et des anges fidèles,
La *Guerriade* fut forcée à fuir soudain,
En criant fortement : « Je reviendrai demain ! »

LA GUNÉCRATIE AUX FEMMES DE SALUT.

Femmes jusqu'à ces temps gangrenés d'athéismes
Politiques, sacrés, pleins de noirs *barbarismes*,
Malgré l'amour divin de la Reine des Cieux,
Qui veut placer la femme au pavois radieux,
Les hommes ont de vous fait de tristes esclaves,
Soumises aux désirs de leurs vices en laves !
Moi la Gunécratie, avec de fortes lois,
Je viens vous accorder de justes et saints droits !
Désormais, en suivant mes flammes créatrices,
Les femmes deviendront toutes législatrices,
Et, politiquement, elles égaleront
Les hommes glorieux, qu'elles éclaireront !
Dans l'immense chaos de sinistres ténèbres
Où le *monde-hibou* pousse des cris funèbres,
Le suffrage restreint qu'on nomme universel
Sera, sans fin, partout, un mensonge mortel,
S'il n'est pas couronné par le vote des femmes,
Nouvelles Jeannes d'Arc du monde tout en flammes !
Je viens donc vous donner les votes les plus grands,
Non point pour vous doter des députés tyrans,
Que je supprime ainsi que les plus fiers despotes,
Qui pour leurs intérêts escamotent les votes,
Mais afin de créer les lois et les décrets
Qui proclament les *indispensables progrès !*
Femmes, devenez donc les grandes *apôtresses*
De la *Gunécratie* en célestes prouesses ;
Divinisez la France et le monde, abattus
Par tous les crimes vils qui chassent les vertus !
Comme l'illustre Thiers, qui jamais ne sommeille

Pour sauver le pouvoir qui fait toujours merveille,
. Aux *Trente*, qui voudraient couper sa langue d'or,
Répond : « Thiers parlera, sans fin, sur le Thabor, »
Répondez à ceux qui nous coupent la parole :
« Les femmes parleront toujours au Capitole ;
Les femmes parleront toujours dans les festins
Qui doivent de la France illustrer les destins ! ! »
Marchez sous ma bannière où brille toute vie ;
Il n'est point de salut sans la Gunécratie ! !
O femmes, opérez un miracle divin
Plus puissant qu'à *Cana* qui fit de l'eau du vin :
Des partis furieux, toujours en lune rousse,
Changez le noir vinaigre en eau bénite et douce !
Par les embrassements des quatre prétendants,
Changez le *quatre en un* rempli d'amours ardents.
Pour ne point accoucher du diable dans l'orgie,
Toute femme doit être enceinte d'un Messie !
Pour arracher le monde à la perdition,
Femmes, de l'unité faites la fusion !
Inspirant tous les cœurs de l'amour qui l'inonde,
La Gunécratie est la sainte âme du monde ! !
O femmes, méritez les hommages sacrés
Que viennent vous offrir les hommes inspirés.
Voici les glorieux poëtes de la France,
Qui célèbrent en chœur *l'amour de délivrance*
Dont vos cœurs ont lancé l'astre resplendissant
Pour libérer le sol du vainqueur menaçant !
O *filles de salut*, que la *Gunécratie*
Veut placer au pavois de la gloire infinie,
Montrez que pour changer en ciel ce noir séjour
Les femmes dans leur sein portent un dieu d'amour !
Ainsi que le *grand Pan* du vieux monde en poussière,
Le monde sans honneur n'existe plus sur terre ;

Sous les rouleaux du mal les humains ont pilé
Le monde tout athée et l'ont annihilé;
Les femmes ne font plus que d'affreux *hommes-claudes.*
Qui des crimes sans frein proclament les maraudes.
En lançant les soleils des *oui,* que rien n'éteint,
O femmes, enfantons le monde le plus saint!
Le *satanisme* impur chasse le *divinisme;*
Tout est mort, Dieu lui-même est mort sous l'athéisme!
O femmes, créons Dieu par un *oui* tout-puissant,
Soleil du *fiat lux* le plus resplendissant!
L'amour-volonté-oui, c'est le Dieu du génie!
La création sainte est dans la *ouicratie!!!*
O femmes, levez-vous et chassez par la croix
La guerre, le plus vil *pluri-duel* des rois!
Dans la Gunécratie, où Dieu même repose,
La France fait aux cieux sa sainte apothéose!
O femmes, couronnons, en guidant l'arche au but,
Le poëme d'amour, de gloire et de salut!

LE COURONNEMENT DES FEMMES DE SALUT.

POÉSIE A RÉVEILS.

Premier réveil.

Chantons tous: Gloire, gloire aux Jeannes d'Arc bénies,
Aux femmes dont Dieu fait de terrestres messies!
Puisqu'elles font voguer l'arche sauvée au but,
Crions tous : Gloire, gloire aux *femmes de salut!!*

UN POËTE.

Nouvelles Jeannes d'Arc, dignes femmes de France,
Dout l'éclat sauvera le monde en décadence,
Permettez qu'un poëte, inspiré du saint feu
Que fait briller l'amour de la femme et de Dieu,
Mêle sa faible voix aux voix retentissantes
Des âmes et des cœurs dont les ardeurs puissantes
Couronnent des bandeaux que la gloire suspend
Les reines de la paix, d'où le salut dépend :
Oui, quand du pur amour il active la flamme,
Tout salut resplendit où resplendit la femme;
Oui, tirant du chaos un monde de bonheur,
Les femmes lanceront le *fiat lux* sauveur!
Du brillant avenir plein de lois créatrices,
Les femmes deviendront les saintes rédemptrices!
Rien de grand ne se fait sur terre ainsi qu'aux cieux,
Que la Vierge remplit de soleils radieux,
Sans l'intervention des femmes magnanimes,
Qui couronnent du bien les triomphes sublimes
Et qui, réunissant tous les cœurs par l'hymen,
Tranformeront la terre en un nouvel Eden!

Deuxième réveil.

Chantons tous : Gloire, gloire aux Jeannes d'Arc bénies,
Aux femmes dont Dieu fait de terrestres messies!
Puisqu'elles font voguer l'arche sauvée au but,
Chantons tous : Gloire, gloire aux *femmes de salut!*

En faisant resplendir avec toute-puissance
L'oriflamme arc-en-ciel de la sainte alliance,
O femmes, activez la céleste *unité*

Que fait la *république-empire-royauté*;
L'*unité*, par reflet de Dieu qui la contemple
Et qui veut que partout chacun lui dresse un temple;
L'*unité*, que tout doit bénir, chanter sans.fin,
En lui brûlant toujours l'encens le plus divin.
Afin de mieux sauver la France qui succombe
Et sur qui jour et nuit la foudre éclate et tombe,
Femmes, délivrez-nous des funestes partis,
Qui sont les plus cruels de tous nos ennemis ;
Femmes, illuminez le grand congrès des lettres
Où se dérouleront les chefs- d'œuvre des maîtres,
Qui feront les tributs et les *souscriptions*
De l'*esprit*, qui, toujours plein d'inspirations,
Relèvera la France aux splendeurs du génie
En lui donnant la foi, la lumière et la vie !
Il faut que par l'*éclat* les vaincus débiteurs
Deviennent créanciers et vainqueurs des vainqueurs.
En remportant sur eux les victoires morales
Qui primeront toujours les conquêtes brutales.
Le succès de la force abaisse et fait mourir
Le triomphe moral fait tout vivre et grandir !
Mais déjà du salut resplendissent les fastes..
Les femmes ont chassé les discordes néfastes;
Elles font dominer sur le plus haut pavois
La Concorde, échappée à la plus sombre croix !
Dès ce jour triomphant d'ardente délivrance,
Le règne universel de la femme commence !
En refermant l'enfer des haines sans retour,
Les femmes ont ouvert le ciel du saint amour !
Rassemblons-nous soudain, avec de fervents zèles,
Sous l'oriflamme d'or des Jeannes d'Arc fidèles
Qui lancent des appels à tous les nobles cœurs,
Pour en faire jaillir les dons libérateurs

Qu'elles font déborder de leurs amours suprêmes,
Qui sauveront la France en proie aux maux extrêmes :
Car pour mieux enflammer les soleils du *progrès*,
Toutes les femmes sont des anges de la paix !
Voici des légions de femmes inspirées
Qui viennent apporter leurs offrandes sacrées
Aux pieds du monument de la France au cercueil
Et que tous les malheurs ont couverte de deuil !
Chantons tous : Gloire, gloire aux Jeannes d'Arc bénies,
Aux femmes dont Dieu fait de terrestres messies !
Puisqu'elles ont guidé l'arche sauvée au but,
Crions tous : Gloire, gloire aux *femmes de salut !!*

FIN DU ONZIÈME CHANT.

CHANT DOUZIÈME

OU

Le Chant des fureurs de la Guerriade, des Cris de salut de l'âme
de Napoléon III, du Vivat universel, de la Constitution de la
Pantocratie, etc.

La scène se passe au PANTOCRATIUM, théâtre, place de la Concorde.

LE POËTE ORATEUR.

Comme elle l'avait dit dans le fier chant onzième,
Où le monde faisait l'*essai loyal*, baptême
De la sainte Unité, qui bientôt sauvera
Les peuples qu'à l'Éden Dieu même conduira,

La *Guerriade* à mort, avec cent guèrriades
Prêtes à fulminer d'ardentes canonnades,
Au *pantocratium* revint furtivement
Et fit ce bref discours plein de frémissement :
« Démons guerriers, debout, prenez vos fortes armes
Et redoublez partout les plus affreux vacarmes.
Vous le savez, craignant ses pacifiques lois,
J'ai lancé le trépas à Napoléon Trois,
Qu'afin de châtier son amour pour la guerre,
Que plus jeune adorait son courage sévère,
Dieu fait broyer à coups de canons fulgurants
Au purgatoire, où sont mille Césars errants,
Surtout Napoléon Premier, leur chef sans voile,
Que pile en même temps le grand arc de l'Étoile !
J'espère faire un jour le plus grand des héros
De Napoléon Quatre, à qui, dans tous ses os,
Ses aïeux ont soufflé la gloire belliqueuse
Qu'alimente, dit-on, sa mère valeureuse.
Du nouvel empereur je veux faire partout
Le vrai Dieu de la guerre et le maître de tout!
Pour mieux faire éclater sa puissance jalouse,
La *Guerriade* veut devenir son épouse!
Mais on dit qu'on voudrait faire un dieu de la paix
De Napoléon Quatre, ardent au saint progrès;
On dit qu'on veut fonder dans la France abattue,
Sous tous les blocs honteux du malheur qui la tue,
La Républiquéide-empire-royauté
Et le grand *quatuor-vir-salvat d'unité*,
Qui sera composé dans la sainte harmonie
De Thiers, Napoléon, Henri, Philippe, *à vie!*
Ah! faisons avorter ces saints enfantements
Qui remplissent mon cœur d'anéantissements,
Qui donneraient la vie à la France mourante

Et donneraient la mort à la guerre vivante,
Qui fonderaient l'Éden et feraient des dieux bons
Des hommes dont je fais les plus méchants démons.
La *Guerriade* a fait l'assaut de l'âpre terre
Et vaincu pour toujours l'*homme-femme-adultère*.
La *Guerriade* veut faire l'assaut du ciel
Et vaincre pour toujours le Dieu tout immortel!
Bientôt les légions de la *Pantocratie*,
Du grand *peuple homme-femme* et la *Gunécratie*,
Et tous les prétendants qui veulent établir
La paix, qui doit sauver le présent, l'avenir,
Vont s'unir en ces lieux et proclamer ensemble
L'Unité, devant qui la *Guerriade* tremble!
Si soudain, s'inspirant d'un amour opportun,
La France ose fonder l'État du *sens commun*,
La *Guerriade* qui, pour dominer, divise
Et jette la folie à la France soumise,
Perdra tout son pouvoir et n'aura plus qu'à fuir
Du monde qu'à vos lois elle veut asservir.
Afin que nous puissions boire et manger sans cesse
Le sang, la chair, les os des peuples en détresse,
Centuplez donc, démons, vos efforts infernaux.
Foudroyons sans retard nos superbes rivaux,
Faisons battre, égorger les enfants de la France,
D'où dépend le salut du monde en décadence,
Faisons, faisons surtout suicider Paris,
Dont Satan veut se faire une tête de prix!
Aux armes! songez bien que du fond des abîmes
Tous les siècles tremblants vont contempler nos crimes!
Voici les ennemis... Par des feux dégradants,
Faisons battre sans fin partis et prétendants! »

Dès que la *Guerriade*, en qui tout mal s'englobe,

Eut lancé ce discours, qui fit trembler le globe,
Tous les humains tremblants, tous les esprits divers
De la terre et des cieux et des sombres enfers,
Au *pantocratium* aussi grand que le monde
S'unirent sous les coups du tonnerre qui gronde!
Soudain, du haut d'un arc de diamant entier
Cent fois plus élevé que l'obélisque altier,
De Napoléon Trois l'âme révélatrice,
Et que Dieu remplissait de flamme rédemptrice,
Fit tonner, au milieu des diables à l'affût,
Ces longs cris de pardon, d'amour et de salut :
« O Français, et vous tous, peuples et rois du monde,
Qu'a toujours foudroyés le tonnerre qui gronde,
Daignez prêter l'oreille aux justes et saints cris
Que mon âme livrée à des tourments bénis
Fait tonner au sortir du sombre purgatoire,
En dictant des leçons de salut et de gloire!...
Apprenez tous d'abord que pour punir l'amour
Qu'on prodigue à la guerre au terrestre séjour,
Les ministres vengeurs de la bonté divine,
Qui veut qu'avec éclat partout la paix domine,
Mitraillent des boulets des plus tonnants canons
Les héros, les Césars et les Napoléons,
Qui toujours ont crié : « *Le monde, c'est la guerre* »,
Qu'ils ont fait triompher à grands coups de tonnerre,
Quand il fallait crier : « *Le monde, c'est la paix* »,
Et la faire régner par d'éclatants bienfaits!...
Dans ce même moment où, sous la foudre en flamme,
Vous entendez vibrer les longs cris de mon âme,
Napoléon Premier, moi Napoléon Trois,
Qui, par la guerre, avons broyé peuples et rois,
Et que le sort punit de nos fières batailles
Par de sombres exils et d'âpres funérailles,

Nous sommes tous criblés des balles, des boulets
Dont nous avons criblé le monde en noirs forfaits,
Et nous sommes pilés sous les arcs, les colonnes
Pleins du sang et des os des guerriers sans couronnes!
Maintenant, je vous dis avec la vérité
Qui luit dans les splendeurs de la divinité :
Si vous voulez soudain opérer les miracles
Du salut de la France et du monde en débâcles,
Vous devez avec foi centupler, tous en chœur,
Dans les temples sacrés profanés sans pudeur,
Les prières à Dieu qu'ont fait fuir les blasphèmes
Et l'athéisme impur tout couvert d'anathèmes;
Vous devez tous ouvrir l'universel congrès
Où vous proclamerez l'unité des progrès
Qui pourront arrêter les discordes actives
Qui lancent tous les trains de leurs locomotives!
Le moment est venu de fonder l'union
Des peuples et des rois en révolution,
D'élever jusqu'aux cieux la sainte pyramide
De l'amour fraternel, en qui tout bien réside!
Je vous le prophétise en pleine liberté,
Le monde croulera sans la sainte unité!
Si, quand je proposais un congrès aux monarques
Qui guident des Etats les vacillantes barques,
J'avais osé lancer le programme sacré
De la *Pantocratie* au triomphe assuré,
Je serais sur le trône et je serais *Messie*
De la sainte unité que chante tout génie.
Mais l'affreux préjugé, routinier assassin,
M'empêcha de me faire un vrai *Messie humain.*
Pour l'homme qui peut tout dans le mal irascible,
l e possible divin est toujours impossible!
Le faux respect humain, la routine des mœurs,

L'âpre esprit de parti, font des monstres sans cœurs!
J'en avertis mon fils, s'il n'est pas *pantocrate*,
Puissant *peuple-homme-femme* et tendre *gunécrate*,
Il fera beaucoup mieux de rester en exil
Que de venir en France, où tout meurt sur le gril!
O Français, dont pendant vingt puissantes années
J'eus l'honneur de guider les hautes destinées,
Et que mon saint amour chérit plus que jamais
Au milieu des malheurs dont je porte le faix;
O Français, vous avez créé la république
Et foudroyé l'empire au sein de la panique
En faisant succomber son puissant empereur
A Chiselhurst, privé de tout éclat d'honneur!
En demandant pardon pour mes fautes mondaines,
Je pardonne ma chute et mon trépas aux haines,
Si, pour éterniser la république en pleurs,
Que j'eus tort d'étouffer entre mes bras vainqueurs,
Vous unissez soudain les partis qui rugissent
Et les fiers prétendants que les haines aigrissent,
Quand l'amour, le devoir, le bon sens, l'intérêt,
Tout leur dit de s'unir comme un seul homme prêt
A tout sacrifier à la France qui pleure
En voyant ses enfants s'égorger à toute heure
Sur son sein maternel ouvert et tout sanglant,
Sous les coups de ses fils qu'arme un courroux brûlant.
Comme l'a dit mon fils plein d'âme à mes obsèques,
Sur qui la république a pris des hypothèques:
Français, ne criez pas: Vive l'empereur mort,
Et qui ne veut pas seul diriger votre sort!
Français, criez toujours: Vive, vive la France,
Qui doit être de tous le soleil d'espérance!
Français, criez toujours avec fraternité:
Vive *la république-empire-royauté!*

6

Vive *le quatuor-vir-salvat* d'harmonie
De Thiers, Napoléon, Henri, Philippe *à vie!*
Arrêtez du malheur les tonnerres grondants
En faisant embrasser partis et prétendants.
Pour mieux faire éclater l'unité créatrice
Qui seule peut se dire en tout *conservatrice*,
Proclamez sans retard l'archimonarque fort
Et prenez le plus vieux des souverains d'accord !
Rendez législateur le grand *peuple-homme-femme*
Qui fera toute loi, tout, plébiscite en flamme,
Dans les discussions de ses brillants forums
Que l'on peut justement nommer *legiferums!*
Le vrai représentant du peuple, c'est lui-même,
Sans corps législatif, où bout la rage extrême !
Le salut de la France et du monde en courroux,
C'est la *pantocratie* ou puissance de tous !
Pour consacrer les cris de mon âme à lumière
·Et tous mes testaments, peuples, chassez la guerre ;
Arborez de la paix *l'oriflamme-arc-en-ciel*,
Faites des peuples fiers le peuple universel !!!
Et toi, surtout, Paris, où constamment déborde
L'océan de la haine et de l'âpre discorde,
Fais déborder partout le déluge d'amour
Qui vaincra des vainqueurs le superbe vautour ;
Libère tous les cœurs, les esprits et les âmes,
De l'affreuse anarchie et des haines infâmes ;
Tu libéreras mieux le sol des étrangers
Qui livrent la patrie aux plus mortels dangers !
Furieux, tu me fais les fulgurants reproches,
Qui cassent sur mon front les marteaux et les cloches,
D'avoir capitulé tristement à Sedan.
Ne capitule pas avec l'affreux Satan !
Tu fis le bel emprunt des aveugles matières,

Il faut faire l'emprunt des voyantes lumières!
Adresse-toi, sans fard, à Dieu, prêteur divin
Qui ne laisse jamais mourir ses fils de faim.
Dieu seul peut te donner, dans l'accord invincible,
Le suprême bonheur *invisible et visible!*
Il faut que par la gloire aux plus divins lauriers
Les vaincus des vainqueurs deviennent créanciers.
Quand tout crie, avec peur, que par son feu coupable
Paris tout rugissant est la tête du diable,
Fais crier que, rempli du plus céleste feu,
Paris, Paris-Soleil est la tête de Dieu!!!
Mais il faut vous quitter!... Entendez-vous la foudre
Des canons allumés par les Césars en poudre?
Ils me mitraillent tout, et je tombe broyé
Au fond du purgatoire où je suis foudroyé!...
Grâce! grâce! mon Dieu!... Par mon sanglant martyre,
Qui m'ouvrira des cieux le seul solide empire,
Proclamez l'amnistie aux ineffables dons,
Que le Christ proclama sur la croix des pardons!
Pour changer mes tourments en voluptés suprêmes
Et mettre sur mon front les plus saints diadèmes,
Dieu, faites que tout crie en accords infinis:
La France, c'est le nom des peuples réunis!
L'Éden est fait si, plein d'amour et d'espérance,
Le monde, *peuple-Dieu*, s'appelle Monde-France!!!

LE POÈTE-ORATEUR.

La Guerriade, en proie à la sombre terreur
Que lui donnent les cris du défunt empereur,
S'enfuit dans les enfers et lança ces paroles
Qui du monde tremblant ébranlèrent les pôles:
« Je pars, mais je viendrai par la flamme et le fer

Je m'en vais dans l'abîme épouser Lucifer !
Avec lui je ferai des canons et des bombes
Dont rien n'égalera les infernales trombes ;
Nous les fulminerons sans répit, en tous lieux ;
Nous ferons dans l'enfer écrouler terre et cieux !
Si l'on a souvent dit sur la terre qui pleure :
Il est trop tard pour faire un bien qui sonne l'heure,
Dans le monde où Satan porte tout étendard !
Pour pratiquer le mal.il n'est jamais trop tard ! »
La Guerriade sombre à ces mots prit la fuite
Avec mille démons qui faisaient sa conduite.
Malgré tous les honneurs, hélas! qu'on lui rendra,
J'espère que jamais elle ne reviendra !
Tous les peuples, bientôt, seront *un* sur la terre
Comme le Christ est *un* aux cieux avec son père !
Des peuples réunis par son amour vainqueur,
La France, *peuple-Christ*, sera peuple-sauveur !
Déjà l'illustre Thiers que rien ne peut abattre,
Philippe Deux, Henri Cinq, Napoléon Quatre,
Les superbes Hugo, Louis Blanc, Gambetta,
Députés et partis que la haine excita,
S'embrassent sur l'autel sacré de la patrie
Qui dans l'apothéose et l'extase est ravie !
Oui, pour donner à tous le plus divin réveil,
La France de l'amour est le vivant soleil !
Journalistes bénis dont les *journaliscites*
Seront les phares d'or de tous les plébiscites,
Poëtes dont les chants sont les couronnements
Des triomphes sacrés et des ravissements,
Femmes du saint amour de la *Gunécratie*,
Sublimes Jeannes d'Arc de l'unité bénie,
Prenez vos luths brillants, vos saintes harpes d'or ;
Faisons vibrer des cœurs l'orgue au céleste essor ;

La France a retrouvé l'esprit, le cœur et l'âme ;
Chantons tous la Noël du verbe humain de flamme ;
L'excès d'amour nous sauve et nous rend tout éclat ;
Faisons tous retentir le plus divin vivat ! ! !

LE VIVAT UNIVERSEL.

CHANT DE TRIOMPHE.

I

Vive,
Vive le jour !
Vive la gloire active !
Vive, vive le saint amour !
Vive, sans fin, l'astre de l'espérance !
Vive, sans fin, le *peuple-Christ*, la France !

Chœur universel.

Vive *la république-empire-royauté !*
Vive *le quatuor-vir-salvat d'unité !*

II

Vive,
Vive la paix,
Vive l'ordre en dérive,
Vivent, vivent tous les bienfaits !
Vive toujours l'ample Pantocratie !
Vive toujours l'Ève Gunécratie !

6.

Chœur universel.

Vive, vive, sans fin, l'oriflamme arc-en ciel !
Vive, vive, sans fin, le peuple universel !

III

Vive,
Vive l'accord !
Vive la foi craintive !
Vive, vive le poët !
Vive, sans peur, le *grand peuple-homme femme !*
Vivent toujours tous les soleils de l'âme !

Chœur universel.

Vive, vive, sans fin, l'Éden tout radieux !
Vive, vive à jamais les hommes *un* faits dieux !

IV

Vive,
Vive le cœur !
Vive l'esprit qu'on rive !
Vive, vive le saint honneur !
Vive, sans fin, la victoire divine !
Vive, sans fin, le bonheur qui domine !

Chœur universel.

Vive, vive, toujours, le salut le plus doux !
Vive, vive, sans fin, Dieu qui nous sauve tous !

V

Vive,
Vive l'enfant !

Vive la foi naïve !
Vive le Thabor triomphant !
Vive à jamais le ciel où Dieu repose !
Vive à jamais la sainte apothéose !

Chœur universel.

Vive, vive, sans fin, le poëme au saint but !
Vive, vive, sans fin, l'universel salut !

VI

Vive,
Vive le *oui* !
Vive le *oui* sans vive !
Vive le *oui* du Sinaï !
Vivent les *ouis* créateurs de Dieu même !
Vivent les *ouis* pleins d'un divin baptême !

Chœur universel.

Vivent, vivent les *ouis* leviers victorieux !
Vivent, vivent les *ouis* qui lancent tout aux cieux !

Inspirés par les cris de l'âme impériale
Et par le grand *vivat* de gloire triomphale,
Les peuples et les rois qu'embrassa pour toujours
L'Internationale en fraternels amours,
Firent, sous l'oriflamme arc-en-ciel d'harmonie,
La Constitution de la Pantocratie,
Qui rassemble sans fin dans la sainte unité
L'égalité, les Liberté Fraternité !
L'Ève-Gunécratie écrasa l'ample tête
Du *Serpent-Guerriade* ardent à la conquête ;
L'Ève-Gunécratie écrasa sans nuls freins

Les têtes des serpents des partis assassins,
Des partis les plus vils *pétroleurs politiques*
Que puissent enfanter les haines sataniques.
Tant qu'un parti fatal dans le monde vivra
Dans l'abîme de sang le monde entier mourra.
Les peuples en formant l'unité d'alliance,
Chantent la paix du monde appelé *Monde-France !*
Dans le plus éclatant *quatuor-vir-salvat*
L'*Espagne* prend le calme et l'ordre plein d'éclat !
Victor-Emmanuel permet que sur leurs trônes
Ducs et rois renversés reprennent leurs couronnes ;
Le *Pape archipontife* adopte Emmanuel
Comme roi d'Italie en accord fraternel ;
Les peuples et les rois brisèrent les barrières
Que font entre les cœurs les fatales frontières !
Par les canons fondus de la guerre en forfaits,
Ils firent le *canon fraternel de la paix,*
Qui tonnait beaucoup plus que la foudre en tempêtes
Pour annoncer le jour des banquets et des fêtes !
Le peuple universel ferma par ses vertus
L'enfer d'où les démons ne s'échapperont plus !
Dieu, vaincu par l'amour des nations unies,
Fit tonner ces mots pleins de grâces infinies :
Peuples, Dieu vous bénit dans l'accord merveilleux,
Vous avez fait la terre à l'image des cieux !!!

FIN DU DOUZIÈME CHANT.

ÉPILOGUE DE LA GUERRIADE

POËME EN DOUZE CHANTS.

Mon luth a célébré dans son dernier poëme,
Qui me couronnera d'un brûlant diadème,
Une guerre sinistre avec les Allemands,
A qui le sort donna des succès alarmants ;
Une guerre infernale entre des Français frères,
Qu'arma fatalement le démon des colères
Que fait rugir, sans fin, la rage des partis
Des fiers prétendants pleins d'infernaux esprits !
Mon luth a raconté les vices et les crimes
Qui creusent sous nos pieds les plus profonds abîmes.
Dans l'espoir d'arrêter l'océan des malheurs
Qui dans leurs flots sanglants plongent le monde en pleurs
J'ai, sans peur des lazzis et des rieurs sarcasmes
Qui fouettent aujourd'hui les saints enthousiasmes,
Invoqué les esprits sacrés, surnaturels,
Qui soutiennent l'élan des grands luths immortels ;
Par le puissant secours des célestes puissances
Qui sont les instruments de nos intelligences,
J'ai fait du monde entier la Constitution
Qui du nouvel Eden couronne la Sion ;
J'ai fait dans l'unité que Dieu même contemple
La *pierre-diamant* angulaire du temple
Le plus universel où les divers croyants
Diront tous le *Credo*, le *Pater* attrayants
Qui monteront vers Dieu sur les divines ailes

De la foi, de l'amour des âmes fraternelles!..
Cessant d'être le fiel de Satan destructeur,
La France deviendra le cœur de Dieu sauveur!!!
Dieu m'a daigné donner la folie incurable
De l'amour qu'eut le Christ sur la croix adorable ;
Moïse, sans orgueil, je guide avec fierté
Le peuple universel à l'Eden d'équité!
Comme le vieil Homère, à la foule accourue
J'irai chanter, s'il faut, au milieu de la rue,
La *Guerriade*, qui, malgré d'âpres sommeils,
Fait le plus éclatant des triomphants réveils!
En proclamant les lois de la *Pantocratie*,
Du haut du Sinaï de la gloire ravie,
Le monde fait tonner dans l'accord ébloui
Le mot le plus sublime et plus divin : c'est OUI!!!
Le plus infernal mot c'est le NON, tout funeste
Que fait tonner Satan devant le Dieu céleste?
Je puis mourir content! des chaos entassés
J'ai tiré les soleils du salut, *c'est assez!!!*
La Guerriade en feu ne sera point un songe!
La vérité d'éclat chassera le mensonge;
En consacrant l'amour, la paix et l'unité,
La Guerriade vole à l'immortalité!!!
A la France, aux Français que tout malheur enivre,
Que reste-t-il à faire? A mourir?.. Non, à vivre!
Il reste à vivre, afin de monter aux parois
Et de lancer partout l'amour saint de la croix!
Il reste à vivre, afin d'opérer les miracles
Dont l'astre éclipsera les plus divins spectacles !
Le monde, l'homme et Dieu sont morts en ce bas-lieu.
Vivons tous pour créer le monde, l'homme et Dieu!!!

FIN DE L'ÉPILOGUE.

TABLE-SOMMAIRE DES MATIÈRES.

FIN DE LA TABLE.

1127 — Paris, Imprimerie Jouaust, rue Saint-Honoré, 338.

www.ingramcontent.com/pod-product-compliance
Lightning Source LLC
Chambersburg PA
CBHW071106260626
47162CB00006B/2230